Amèlia Mora
Albert Val

Floquet de Neu

Ser diferent és tota una aventura

labutxaca
Barcelona

Basada en la pel·lícula *Floquet de Neu*, produïda per Julio Fernández i dirigida per Andrés G. Schaer amb guió original d'Albert Val i Amèlia Mora

Primera edició en aquest segell: desembre del 2011

Fotocomposició: Víctor Igual
Impressió: Liberdúplex
DIPÒSIT LEGAL: B. 40.018-2011
ISBN: 978-84-9930-434-2

ÍNDEX

1

PERÒ SI NI TAN SOLS ÉS UN GORIL·LA

Un assolellat matí de l'any 1964, enmig de la selva d'un petit país de l'Àfrica anomenat Guinea Equatorial, va néixer un goril·la... diferent. Tan diferent, que quan el van veure alguns goril·les van caure de cul a terra de la sorpresa!

La primera vegada que el petit goril·la va obrir els ulls va veure la seva mare, que se'l mirava amb cara de desconcert. Però ben aviat li va dedicar un ampli somriure i el va abraçar amb tendresa. Al seu voltant hi havia altres goril·les que l'observaven estranyats, gairebé semblava que acabessin de veure volar una vaca.

—Guaita, ja ve el papa —va anunciar la seva mare.

El petit goril·la va veure que se'ls acostava un goril·la que semblava una muntanya de tan gran que era. Tot i acabar de ser pare, no semblava gaire content.

—Això és el meu fill? —va preguntar amb una veu tan greu que feia tremolar les pedres—. Però si ni tan sols és un goril·la!

El petit goril·la no entenia per què el seu pare estava tan enfadat. Va intentar acariciar-lo, però aquest li va bramar amb ràbia i es va colpejar el pit amb força.

—No em toquis! Tu no ets el meu fill! —va cridar, i es va allunyar sense mirar enrere.

El petit goril·la, desconcertat, es va mirar la mà amb què havia intentat acariciar el seu pare. Era blanca! De fet, tot ell era blanc! En canvi, tots els altres goril·les que hi havia allà eren gairebé tan foscos com el carbó. Ferit, el petit goril·la va començar a entendre per què el seu pare estava tan enfadat i tothom se'l mirava d'aquella manera. Era diferent. I no el consideraven un dels seus.

Durant molt de temps, l'única companyia del petit goril·la va ser la seva mare. A ella no li importava de quin color tenia el pèl. Si l'hagués tingut fúcsia, ella l'hauria estimat igual. Però si fins i tot l'estimava quan es ficava el dit al nas!

Una tarda, el petit goril·la va sentir uns sorolls que no havia sentit mai. PUM! PUM! PUM!

—Caçadors! Ens disparen! —van cridar els altres goril·les.

La mare, espantada, va agafar al petit goril·la i va córrer a través de la selva. Tot era confusió, els altres goril·les també corrien i alguns queien a terra. Tot d'una, la seva mare va caure i es va quedar estirada, com si s'hagués adormit.

—Mama, desperta! —va suplicar el petit goril·la.

Desolat, es va adonar que ja no aconseguiria despertar-la. Unes passes estranyes el van sobresaltar i va engegar a córrer, espantadíssim. De sobte, algú el va atrapar a dins d'una caixa i tot va quedar a les fosques!

Moltes hores després, la caixa es va obrir. Un home, que més endavant va saber que es deia Jordi Sabater i Pi, se'l mirava fent uns ulls com unes taronges.

—Mare meva... —va dir primer. Després es va dirigir a uns homes que tenia al davant:— Pobra criatura, es pot saber què li ha passat? On és la seva família?

Els homes no van respondre i al cap d'una estona van marxar. El Jordi, amoïnat per la salut del petit goril·la, el va cuidar amb dedicació durant molts dies. De mica en mica, el petit goril·la va recuperar les forces. Sempre estava una mica trist perquè trobava molt a faltar la mare, però almenys les persones que hi havia allà el tractaven molt millor que els altres goril·les!

Un dia, mesos després, el Jordi es va asseure a parlar amb el petit goril·la (heu de saber que els animals poden entendre perfectament els humans, però els humans als animals, no):

—Nfumu Ngui —així és com l'anomenaven aquelles persones—, com que ets de color blanc, la selva és massa perillosa per a tu, perquè els depredadors et podrien veure amb molta facilitat. Demà te'n vas de viatge cap a Barcelona. Viuràs amb una família durant uns mesos, però després podràs instal·lar-te al zoo amb altres goril·les. Allà estaràs segur.

En sentir mencionar altres goril·les el petit goril·la es va inquietar, però va fer el cor fort i l'endemà se'n va anar cap a Barcelona. No es podia imaginar la mà d'aventures que allà l'esperaven. De fet, si algú li ho hagués dit, no l'hauria cregut!

2

ESTÀS A PUNT DE VEURE UNA COSA MOLT ESPECIAL

—Oi que portes faldilla? Doncs no, no pots jugar amb nosaltres.

La Paula se sentia dir això, aproximadament, cinquanta cops per setmana. A la Barcelona de l'any 1966, ningú no entenia per què una nena com ella tenia tant interès a jugar a futbol. Se suposava que les nenes no eren així. Però ella adorava tant el futbol que si s'estava més de dues hores sense tocar una pilota començava a trobar-se malament. Els seus pares eren els únics que la comprenien, però això no era suficient perquè els nens de la seva escola la deixessin jugar amb ells, o perquè la gent del carrer no la mirés malament quan la veien passar amb la pilota enganxada als peus.

Per si fos poc, a sobre, aquell dia el Leo li havia preguntat:

—Vols que estudiem junts l'examen de mates de la setmana que ve?

El Leo era el nen més llest de la classe. La Paula creia que també n'era el més pesat. No entenia per què, però es passava el dia mirant-la embadalit amb un somriure als llavis.

—Gràcies Leo, però és que ja ho he fet —va inventar-se.

Li va saber greu mentir-li tan descaradament. La pura veritat és que les mates li anaven molt malament i no tenia ni idea de què havia d'estudiar per a l'examen, però no li venia de gust estudiar amb ell.

La Paula considerava que estava tenint un dia molt dolent, però quan va arribar a casa encara va empitjorar més. Com cada tarda, va llançar la motxilla al terra de la seva habitació i va anar a la cuina a agafar un iogurt de la nevera. Mentre començava a menjar-se'l, va sentir els seus pares parlar en veu baixa, com si estiguessin molt emocionats. Els va trobar a la sala... parlant amb una caixa! Definitivament, era el pitjor dia de la seva vida: els pares s'havien tornat bojos!

Però llavors el seu pare va intentar obrir la caixa... que es va tancar des de dins! No s'havien tornat bojos, sinó que a dins de la caixa hi havia... un ésser viu!

—Què passa? —va preguntar, encuriosida.

—Paula, Paula, Paula! Estàs a punt de veure una cosa molt especial —va anunciar el seu pare, cofoi, mentre l'acostava a la caixa.

—No hi ha manera de fer-lo sortir, és tan tossut com tu! —va exclamar la seva mare.

Tot d'una, un braç va sortir de la caixa, li va prendre una mica de iogurt i es va tornar a amagar!

—Eh! —va cridar la Paula, molt sorpresa.

Hauria jurat que aquell braç estava recobert de pèl blanc!

3

FLOQUET DE NEU

Tot i estar més sorpresa que si hagués vist un gat parlar, la Paula no va trigar ni dos segons a comprendre que a l'habitant misteriós de la caixa li agradava molt el iogurt.

—Si en vols més... hauràs de sortir —va dir-li tot acostant el iogurt a la caixa.

La idea va funcionar, perquè la tapa es va obrir a poc a poc... i un petit goril·la tot blanc va treure el cap! La Paula i els seus pares el van mirar meravellats.

—Per què té el pèl blanc? —va voler saber la Paula, que mai a la vida no havia vist res tan bonic.

—És un goril·la albí, l'únic en tot el món —va explicar el seu pare.

—I què hi fa, aquí?

—No tenim gaire clar què li ha passat, però sí que sabem que no li han passat coses gaire bones —va explicar el seu pare, que era el veterinari dels primats del Zoo de Barcelona—. Uns caçadors el van portar a la reserva que tenim a Guinea Equatorial, i com que la selva és massa perillosa per a ell perquè se'l veu massa, vam pensar que aquí estaria més segur.

—Paula, s'estarà cinc mesos amb nosaltres perquè l'ajudem a adaptar-se a la ciutat! —va anunciar la seva mare, contenta.

—Exacte, i després se n'anirà a viure al zoo amb altres goril·les —va concloure el seu pare.

En sentir això, el petit goril·la es va tornar a preocupar, però va decidir que era millor no donar-hi gaires voltes. Així doncs, va observar aquella família que tenia al davant i que se'l miraven amb la boca tan oberta. Semblaven simpàtics. I la nena tenia iogurt, que estava tan bo... i li agradaria tant menjar-ne una miqueta més...

La Paula i els seus pares van observar, emocionats, com el petit goril·la sortia de la caixa, decidit a agafar el iogurt. Però va ensopegar amb una cadira, va rodar per terra i va xocar amb una estanteria! La Paula va córrer a ajudar-lo, però el petit goril·la es va apartar una mica, espantat.

—No tinguis por, bonic —va consolar-lo mentre li allargava el iogurt.

El petit goril·la va agafar-lo tímidament... però un cop va tenir-lo a les mans se'l va cruspir en un tancar i obrir d'ulls. I després es va tirar un senyor rot! Tots van riure.

—Com es diu? —va voler saber la Paula.

—Nfumu Ngui —va explicar el seu pare—, que en la llengua de Guinea Equatorial vol dir «goril·la blanc».

—Quina poca imaginació. Li haurem de buscar un altre nom —va comentar la Paula.

En aquell instant, va veure a terra un objecte que havia caigut de l'estanteria: una bola de cristall que, quan la sacseges, sembla que a dins hi nevi. I va tenir una idea.

—Ja sé com et diràs.

Tots la van mirar, expectants.

—Floquet de Neu.

El petit goril·la va somriure, aquell nom li agradava!

A partir d'aquell moment, la Paula i el Floquet de Neu es van convertir en amics inseparables. Jugaven junts, menjaven junts, feien el pallasso junts, reien junts... Bé, de vegades la Paula es reia del Flo-

quet, perquè era una goril·la una mica pocatraça i protagonitzava alguns accidents força graciosos!

Per primer cop a la vida, la Paula va tenir un amic de debò. Ja no li importava que a l'escola no la deixessin jugar a futbol, perquè a casa jugava amb el Floquet. Fins i tot van idear una «jugada invencible», en la qual ella li passava la pilota, ell saltava i la xutava a l'aire amb totes les seves forces! Era espectacular! L'únic inconvenient era que havien trencat uns quants gerros, cosa que no havia agradat gaire als pares de la Paula...

Els mesos anaven passant i la Paula intentava no pensar gaire en el dia que el Floquet hauria de marxar cap al zoo. El Floquet, que al costat de la Paula i els seus pares se sentia estimat i feliç, sí que hi pensava sovint. I, secretament, havia decidit que no aniria al zoo. Es quedaria per sempre al costat de la Paula. Però estava amoïnat, perquè una cosa era pensar a fer-ho i l'altra aconseguir-ho.

Parlant de preocupacions: si el Floquet hagués sabut què passava en aquell moment a l'altra punta de la ciutat, hauria tingut un altre motiu per amoïnarse. I molt.

4

JURO QUE ACONSEGUIRÉ ACABAR AMB LA MEVA MALA SORT!

A l'altra punta de la ciutat s'alçava la mansió més atrotinada que us pugueu imaginar. Quinze anys enrere era l'edifici més impressionant de Barcelona, però actualment feia pena i poca gent s'atrevia a acostar-s'hi. És clar que, tenint en compte qui hi vivia, no us ha d'estranyar.

L'habitant de la mansió era ni més ni menys que el Luc de Sac: un malastruc, un dels homes amb més mala sort del món!

Fill d'uns milionaris, el Luc de Sac va néixer a França. En només uns anys, es va fer famós al seu país per culpa de la seva mala fortuna. Allà on anava, sense voler provocava alguna desgràcia. Si es recolzava contra una paret, s'esfondrava. Si pujava a un cotxe, segur que aquell dia una de les rodes sortia disparada i el vehicle s'accidentava. I pobre del que estigués al seu costat en moments com aquests, perquè de ben segur que també rebia. En definitiva, ningú no s'atrevia a acostar-s'hi i estava més sol que la una.

Els seus pares, que sempre tenien algun os trencat per culpa de la mala sort del seu fill, es van gastar diners i més diners en bruixots que prometien poder curar qualsevol mal i en amulets contra la mala sort: potes de conill, ferradures, trèvols de quatre fulles... Res no va funcionar. Al final, incapaços d'aguantar un minut més al seu costat, li van regalar tota la seva fortuna i el van abandonar.

—Ho sentim molt, de debò —van dir abans de marxar per no tornar mai més.

Va ser així com el Luc de Sac es va trobar encara més sol, trist i amargat.

—Juro que aconseguiré acabar amb la meva mala sort! —va cridar. Després, un altre pensament li va venir al cap:— Però França no em porta sort, no senyor... El millor que puc fer és anar-me'n a un altre país a començar de zero. Allà ningú no em coneixerà, les coses seran diferents, més fàcils...

Així que es va comprar una magnífica mansió a la

ciutat de Barcelona. Quan s'hi va haver instal·lat, se sentia animat, optimista.

—Segur que en qüestió de mesos trobo l'amulet definitiu! —deia.

La mala sort el va perseguir implacablement durant els quinze anys següents. De mica en mica, la gent va anar descobrint que era un malastruc i es va tornar a quedar sol. La mansió, després de suportar accident rere accident, va quedar en un estat lamentable. I es va anar omplint de centenars d'objectes estranys i exòtics, suposats amulets contra la mala sort. Cap no havia funcionat.

Però aquell dia, tot estava a punt de canviar. Perquè el telenotícies va anunciar que... un goril·la albí era a punt d'arribar al Zoo de Barcelona!

—Per totes les potes de conill del món! —va bramar emocionat.

Li va faltar temps per córrer a agafar l'*Amuletus Infalibilus*, un llibre rar i antic que parlava dels amulets infal·libles però pràcticament impossibles d'aconseguir. I efectivament...

—Qui extregui el cor d'un goril·la albí mitjançant el següent ritual... tindrà la bona sort del seu costat permanentment! —va llegir.

Hauria d'acabar amb la vida d'aquell goril·la, però

si amb això aconseguia treure's la mala sort del damunt, li era ben igual.

—Aquest goril·la serà meu —va sentenciar. I va deixar anar una riallada que, sincerament, no feia gens de gràcia.

5

QUI SAP, POTSER LA COSA VAGI BÉ

El dia que el Floquet de Neu havia de marxar cap al zoo, els pares de la Paula el van perseguir durant hores per casa. Estava decidit a no anar-se'n. Al final, esgotats, van demanar ajuda a la Paula perquè el convencés. Tot i estar molt trista, va fer un esforç i va anar a parlar amb ell:

—Floquet, ara no t'ho sembla, però d'aquí a un temps trobaràs a faltar viure amb goril·les. I encara que marxis, jo et vindré a veure molt sovint, d'acord?

Finalment, el Floquet va cedir. Si la Paula ho deia, potser tenia raó.

Després, la nena li va mostrar la motxilla que duia a les mans:

—T'he preparat una sorpresa. Però només la pots obrir quan arribis al zoo, d'acord?

Els dos amics inseparables, desolats, es van abraçar. Més tard, des de la finestra de casa, la Paula va veure com el Floquet pujava a la furgoneta que el portaria al zoo. Mentre el vehicle començava a allunyar-se, el goril·la albí va treure el cap per la finestra per veure la seva millor amiga un últim cop abans d'iniciar una nova vida. Tots dos sabien que es trobarien molt a faltar.

Un cop al zoo, el pare de la Paula va acompanyar-lo fins a l'entrada de la seva nova casa. Un llarg túnel conduïa a la parcel·la dels goril·les. El va recórrer ben abraçat a la motxilla que li havia regalat la Paula, preguntant-se com reaccionarien aquells goril·les quan veiessin el seu pèl blanc.

Quan va arribar al final del túnel, va treure el cap tímidament. Primer de tot, va veure un munt de visitants del zoo reunits al voltant de la parcel·la. N'hi havia molts! Després, els seus ulls van descobrir el goril·la més gran que havia vist mai. Enfadat, es colpejava el pit i bramava als visitants, que s'apartaven espantats. Al seu costat hi havia una goril·la més jove.

—Papa, com és que avui hi ha tanta gent? —va preguntar al goril·la gegant.

—No ho sé, però n'estic fart. M'agradaria veure quina cara farien si nosaltres els anéssim a espiar a casa seva —va respondre el goril·la gegant; tenia la veu tan greu que faria tremolar la roca més gran del món!

Tots dos goril·les van anar a una zona de la parcel·la on la gent no pogués veure'ls i es van posar a jugar.

Tot d'una, una goril·la jove va aparèixer saltant entre les branques d'un arbre. El Floquet va obrir la boca, meravellat. Mai no havia vist una goril·la tan bonica! Ella es va girar una mica... i el va descobrir!

—Quanta estona fa que estàs aquí amagat? —va preguntar-li amb la veu més dolça que havia sentit mai.

—Acabo d'arribar —va respondre el Floquet, procurant mantenir-se amagat.

—Ningú no ens havia dit que arribaria un goril·la nou. Doncs tenim un problema, perquè el meu germà sempre es menja tots els plàtans. No sé què menjaràs, tu.

—És que a mi m'agraden més els iogurts.

—Genial! A mi també m'encanta, el iogurt! —va exclamar la goril·la, contenta—. Com et dius?

—Floquet de Neu. I tu? —es va atrevir a preguntar.

—Jo em dic Ndengue. Benvingut, Floquet de Neu. Ja pots venir amb nosaltres.

El Floquet va dubtar. Finalment, va fer el cor fort i va fer una passa endavant perquè la Ndengue el pogués veure. Deixaria de ser tan amable quan descobrís com era en realitat?

—Ets blanc... —va exclamar la Ndengue, sorpresa.

En veure la seva expressió, el Floquet es va témer el pitjor. Però llavors la goril·la va somriure:

—Com el iogurt! És genial!

El Floquet va sospirar, alleugerit. «Qui sap, potser la cosa vagi bé, amb aquests goril·les», va pensar.

—És allà! —va cridar de sobte un dels visitants.

El Floquet no ho sabia, però l'autor d'aquell crit havia estat... ni més ni menys que el Luc de Sac! El malastruc havia anat al zoo per veure al goril·la albí i estudiar la millor manera de capturar-lo.

Tots els visitants congregats al voltant de la parcel·la van emmudir i el van mirar fixament, sorpresos. El goril·la gegant i el més jove també el van mirar.

—Què hi fa un ós polar a la nostra parcel·la? —va preguntar el goril·la jove, estranyat.

Quan va sentir aquestes paraules, i va veure com l'observava el goril·la gegant, el Floquet va saber que no, que la cosa amb aquells goril·les no aniria bé.

6

ÀNIMA DE PANTERA, COS DE PANDA VERMELL

—No és un ós polar, és un goril·la, com nosaltres —va aclarir la Ndengue—. Us presento el Floquet de Neu. Floquet, aquests són el meu germà, el Kiddo, i el meu pare, el Ron.

El Floquet va acostar-se per saludar-los, però... va trepitjar una pell de plàtan, va relliscar, va fer una tombarella a l'aire i va caure de peus a terra, com si no hagués passat res! Els visitants del zoo, creient que acabava de fer una pirueta, van aplaudir entusiasmats. Quin soroll que feien!

Si el Ron ja feia mala cara, tant d'escàndol encara el va posar de més mal humor. Es va acostar al Floquet amb les celles arrufades i el va mirar de dalt a baix. El pobre Floquet tremolava com una fulla, aquell goril·la s'assemblava molt al seu pare! Al cap d'uns segons, el Ron li va donar l'esquena i va obligar els seus fills a allunyar-se'n.

—Ndengue, no vull que t'acostis a aquest goril·la! —va manar.

—Per què? —va preguntar ella, indignada.

—Perquè ho dic jo!

—Ah, d'acord, és una raó molt bona —va burlar-se ella mentre es girava per fer un senyal al Floquet que volia dir «tranquil, que s'arreglarà».

El Floquet no tenia gaire clar que això pogués arreglar-se, però va decidir confiar en la Ndengue. Va córrer a amagar-se de la vista dels visitants del zoo, que no paraven de cridar-lo a plens pulmons. En un raconet, va muntar-se un llit amb algunes fulles de palmera. Després, va obrir la motxilla que li havia regalat la Paula. A dins hi havia una foto d'ells dos, la bola de neu que havia donat a la Paula la idea del seu nom i... un munt de iogurts! Va sospirar, deprimit. La trobava molt a faltar.

Tot d'una, unes passes el van sobresaltar. D'entremig d'uns matolls, va aparèixer un panda vermell que es movia d'una manera estranya... com si fos un gat.

—Pau i amor —va dir amb gest solemne—. Benvingut al zoo, Floquet.

—Gràcies! —va agrair, animat perquè un veí es mostrava amable amb ell.

—Jo sóc l'Ailur. Només venia a dir-te que no t'amoïnis per aquests dos paios. Crec que en una altra vida van ser conductors d'autobús.

—Què? —va preguntar el Floquet, estranyat; què hi tenien a veure els conductors d'autobús amb tot això?

—Que no deixis que afectin el teu karma. Segur que de petits els van alimentar amb plàtans transgènics —va explicar l'Ailur, però ara el Floquet encara l'havia entès menys.

—Que què? —va preguntar.

—Que no estiguis trist, noi, que són uns ignorants! —va aclarir el panda vermell amb impaciència—. He vist com et miraven per ser diferent. A mi em passa el mateix. Perquè aquí on em veus, semblo un panda vermell, oi?

—Sí... —va corroborar el Floquet, que començava a pensar que aquell veí seu era una mica estrany.

—Doncs no! En realitat sóc una pantera negra! —va cridar.

«Definitivament, és un panda vermell molt estrany», va pensar el Floquet. L'Ailur va seguir parlant, dient coses que no tenien ni cap ni peus. Si el

Floquet hagués sabut que el panda vermell era budista, potser l'hauria entès millor.

—El dia del meu naixement, es va produir un error en el cicle de reencarnacions. I aquí em tens, condemnat a aquest cos ridícul i inútil. Ho entens? Ànima de pantera, cos de panda vermell —va concloure; semblava realment afectat.

—Mireu, el panda boig ens ha vingut a visitar! —van sentir que cridava el Kiddo.

El Floquet es va girar i va descobrir, no gaire lluny d'ells, el Kiddo i el Ron.

—Ho veus? El seu karma és negre com el carbó —va dir l'Ailur mentre feia uns estiraments—. A aquests se'ls ha de plantar cara. Tu mira i aprèn, xaval.

L'Ailur va fer un salt per plantar-se al damunt d'una roca, però va fer curt i... POFFFF!!! Hi va xocar de ple i va caure a terra!

—Maleït cos... —va renegar mentre escalava la roca d'una manera molt poc digna. Després, burleta, va cridar al Kiddo i al Ron:— Digueu-me, per què els goril·les teniu el nas tan i tan gros?

El Floquet es va posar guenyo per mirar-se el nas. De debò que el tenien tan gran?

—Perquè teniu els dits enormes! —va concloure el panda vermell.

L'Ailur va esclafir a riure, ben orgullós del seu acudit. Però va topar amb la mirada amenaçadora del Ron i el riure li va fugir gola avall.

—Pau i amor —va dir el panda vermell. I tot seguit va fugir amb la cua entre les cames!

7

AIXÒ NO HO ARREGLA NI UN MIRACLE

El Floquet es va passar la resta del dia ben amagat en el seu racó, més sol que un mussol. Era cert que l'Ailur era força peculiar, però hauria agraït la seva companyia. Tant de bo el Ron no l'hagués intimidat d'aquella manera... Ara el panda vermell estava meditant davant la seva casa, que tenia forma de temple budista.

Almenys, a la nit va tenir una agradable sorpresa: la Ndengue va venir a visitar-lo!

—No t'amoïnis pel meu pare i el meu germà. Només els has de deixar una mica de temps —li va dir. Després va afegir, mirant-lo fixament—: Jo estic molt contenta que hagis vingut al zoo.

Davant d'aquells ulls i d'aquelles paraules, el Floquet va sentir que es desfeia. Havia tingut tanta sort de conèixer la Ndengue! I ja sabia quina era la millor manera de celebrar-ho!

—En vols un? —va preguntar-li tot oferint-li un iogurt.

—I tant! —va acceptar ella, encantada.

En qüestió de minuts, no només es van menjar un iogurt cadascun, sinó tots els que hi havia a la motxilla! Sense deixar de mirar-se i somriure, van construir una piràmide amb els pots de vidre. El Floquet no podia parar de sospirar: aquella goril·la era tan fantàstica!

Tot d'una, el terra va començar a tremolar. Abans de poder entendre què passava, el Ron va aparèixer del no-res corrent furibund i d'un cop de mà va destruir la piràmide.

—No m'agrada que t'acostis tant a la meva filla! —va cridar al Floquet.

El Floquet es va adonar que havia de fer alguna cosa per arreglar aquella situació.

—Jo també m'alegro de tornar-lo a veure, senyor Ron —li va dir.

A l'instant es va adonar que no era un gran inici de conversa, i el pare de la Ndengue tampoc no semblava gaire impressionat. Així que va fer el primer que li va passar pel cap:

—Un platanet? —va preguntar mentre li oferia un plàtan.

«Això encara és pitjor que l'inici de conversa!», va pensar. Per si fos poc, el Ron va deixar anar:

—Odio els plàtans.

—Doncs res, ja el llenço ben lluny.

—Has fet dues coses que em molesten molt —va anunciar el Ron acostant-se-li molt—. Una, apropar-te a la meva filla. Dues, existir.

—Papa, no! —va intentar aturar-lo la Ndengue; però el Floquet, ferit, ja sabia que no hi havia res a fer.

—Ja et vaig dir que no volia que t'hi acostessis! —va bramar el Ron, que després va tornar a mirar el Floquet—: No podràs ser mai un dels nostres, ets *un monstre*... I si et tornes a acostar a la meva filla, sabràs què és tenir problemes. I tu, Ndengue, estàs castigada!

El Ron es va endur la Ndengue, que va mirar el Floquet amb desolació. Unes gruixudes llàgrimes li relliscaven galtes avall.

El Floquet va observar el seu pèl blanc. Mai no l'havia odiat tant, i mai no havia desitjat tant haver nascut sent un goril·la normal. Durant uns instants va tenir la boja idea de pintar-se el pelatge, però es va adonar que era absurd, que no funcionaria. Estava condemnat a suportar eternament les conseqüències de ser així, diferent, *un monstre*...

—Això no ho arregla ni un miracle —va sospirar.

8

SI TE'N VAS ÉS MOLT POSSIBLE QUE NO TORNIS

En podeu dir coincidència. En podeu dir sort. O en podeu dir... miracle.

L'endemà d'aquella terrible nit, una caravana d'allò més particular va creuar els carrers de Barcelona. Justament quan passava per davant del zoo, va trepitjar una pedra força gran que hi havia al bell mig de la calçada. A causa del cop, una caixa que duia al sostre es va obrir... i centenars de papers van sortir volant! Flotant, flotant, els papers van entrar al zoo, van anar caient a terra i el Floquet en va trobar un! Era publicitat d'una tal Bruixa del Nord. Va llegir el text del paper:

—Vols fer els teus somnis realitat? Doncs vine a veure la Bruixa del Nord, per a ella no hi ha res impossible! Que no se t'escapi, només estarà a Barcelona demà. Vine a veure-la a la muntanya del Tibidabo. La Bruixa del Nord farà els teus somnis realitat...

El Floquet no sabia si creure's tot allò. Però llavors va sentir un visitant del zoo que explicava a un altre:

—Caram, aquesta és la bruixa que va curar la meva dona! Abans era sorda com una tàpia, però ara fins i tot sent les converses del veïns. Em posa al corrent de tot el que passa a l'edifici!

El Floquet es va mirar la publicitat amb uns altres ulls. Segur que aquella bruixa podia convertir-lo en un goril·la normal! En aquell precís instant, una veu familiar el va cridar:

—Floquet! Floquet!

Era la Paula! El Floquet, esperançat, va córrer a veure-la. A través de la porta de la parcel·la, amb gestos li va explicar que la trobada amb els goril·les del zoo no havia anat bé, especialment amb el Ron, i que volia anar a visitar la Bruixa del Nord per canviar-se el color del pèl. Podrien anar-hi junts! Però la Paula no va reaccionar com ell s'esperava.

—Ni parlar-ne, no aniràs a veure aquesta bruixa. I jo tampoc t'hi acompanyaré! És una bogeria! —va sentenciar.

El Floquet, decebut, es va allunyar.

—Floquet, espera! —va suplicar la Paula—.

Deixa que parli amb els meus pares, els demanaré ajuda!

El Floquet sabia que aquell embolic només el podia resoldre ell. Però li aniria molt bé que algú l'acompanyés... És clar! L'Ailur!

—Aquesta bruixa podria solucionar el problema de la teva ànima transgènica donant-te un cos de pantera! —li va anunciar, entusiasmat, però el panda vermell no ho va veure clar.

—Col·lega, això que dius seria fantàstic, però sortir del zoo és massa perillós.

—Serà molt fàcil, la publicitat duu un mapa i tot per arribar-hi!

—Oh, és clar, com és que no me n'havia adonat? —es va burlar l'Ailur, de mal humor—. El mapa segur que ens dirà on hi ha els gossos salvatges, els humans bojos que ens caçaran per dissecar-nos i els conductors d'autobús que ens faran pols!

—Escolta, per què tens tanta mania als conductors d'autobús?

—Parlo seriosament! Si te'n vas és molt possible que no tornis. Mai.

—Doncs m'hi arriscaré. La bruixa només estarà a la ciutat demà. Hi penso anar peti qui peti.

La decisió estava presa. Li era igual si hi havia d'anar sol. Mentre s'allunyava del panda vermell, va sentir com comentava:

—S'ha de reconèixer que té els txakres ben posats!

«Realment l'Ailur fa servir paraules molt estranyes!», va pensar el Floquet.

Poc es podia imaginar el goril·la que, a l'altra punta de la ciutat, el Luc de Sac estava acabant de preparar la seva furgoneta per sortir a capturar-lo l'endemà. No va ser una tasca fàcil perquè la seva mala sort feia que constantment o bé s'enxampés un dit amb les eines, o bé se li desmuntés la porta de la furgoneta, etc. Però al final ho va aconseguir. I anava tan ben equipat, que era impossible que res no fallés.

9

FARÀS EL QUE JO ET DIGUI SENSE PROTESTAR!

L'endemà, quan tot just començava a sortir el sol i el zoo dormia, el Floquet es va carregar la motxilla de la Paula a l'esquena amb la bola de neu i el plànol per arribar a la caravana de la Bruixa del Nord.

Després, va anar a veure la Ndengue, que estava castigada en un racó de la parcel·la. Li va demanar que l'encobrís fins a la nit, perquè si els cuidadors del zoo el trobaven a faltar sortirien a buscar-lo. Però la Ndengue no ho veia clar.

—La ciutat és molt perillosa, és pitjor que una jungla! —el va advertir.

—És l'única manera d'aconseguir que el teu pare m'accepti, Ndengue.

Tot i que l'assumpte l'amoïnava molt, finalment va accedir a encobrir-lo.

—Pensaré molt en tu —li va dir.

—Jo també pensaré molt en tu —va respondre el Floquet, emocionat.

Uns segons després, va sortir de la parcel·la. Va treure el plànol de la motxilla per veure per quin costat del zoo havia de sortir, però no aconseguia entendre'l...

—Què, Romeu, tu i la Ndengue ja us heu fet el petonet de comiat? —va sobresaltar-lo la veu de l'Ailur, que havia aparegut al seu costat.

—Si tu no véns a veure la bruixa, què hi fas aquí? —va preguntar el Floquet, intentant dissimular que li feia molta vergonya que l'hagués vist acomiadar-se de la Ndengue.

—Abans de sortir, tres regles importants —va aclarir l'Ailur mentre li arrabassava el plànol—. U: faràs el que jo et digui sense protestar. Dos: pararem cada hora i vint-i-set minuts a meditar. I tres... eh... faràs el que jo et digui sense protestar. Va, som-hi.

—Però la primera regla i la tercera són la mateixa —va comentar el Floquet sense moure's, però content perquè l'Ailur havia decidit acompanyar-lo.

—Encara no hem sortit i ja t'has saltat dues regles! —va remugar el panda vermell—. He dit que som-hi!

Guiats per l'Ailur, que afortunadament sí que sabia llegir el plànol, els dos amics es van dirigir cap a un dels murs que rodejaven el zoo per saltar-lo i sortir al carrer.

Poc es podien imaginar que, precisament en aquells instants, hi havia una persona escalant aquell mur amb la intenció d'entrar al zoo: el Luc de Sac! Ben preparat per capturar el Floquet a la seva parcel·la mentre encara dormia, el malastruc no s'ho podia creure quan va descobrir que el goril·la i un altre animal pelut anaven directes cap a ell. Això desbaratava el seu pla de captura al zoo! Tot i això, va somriure. No oblideu que era un malastruc, i per tant ja havia previst que una cosa així podia passar. Estava més que a punt per capturar al Floquet d'una altra manera!

Quan van arribar al mur, el Floquet va donar una ullada al carrer, que estava d'allò més tranquil.

—Doncs a mi no em sembla tan perillós —va comentar.

Llavors, el va veure: un magnífic iogurt abandonat a terra!

—Iogurt! —va cridar llançant-s'hi al damunt, emocionat. Quina gana que tenia!

—Espera! —va cridar l'Ailur, alarmat, saltant darrere seu.

Tant bon punt van aterrar al costat del iogurt, una tela es va tancar al seu voltant i els va fer presoners!

Gràcies a un mecanisme, el farcell en què van quedar atrapats va anar directe a la part del darrere de la furgoneta del Luc de Sac.

—Que fàcil que ha estat! La meva sort ja està canviant! —va exclamar el malastruc, eufòric, abans de tancar la porta.

10

AVUI ARRIBARÉ UNA MICA TARD A CLASSE

La Paula s'havia passat tota la tarda i la nit anteriors intentant que els seus pares se la prenguessin seriosament.

—Us dic la veritat, els goril·les del zoo han tractat tan malament el Floquet que vol anar a veure una bruixa per canviar-se el color del pèl! —els deia.

Però ells somreien i no se la creien, perquè creien que era una excusa per fer-lo tornar a casa. Al final, desesperada, va arribar a la conclusió que ho hauria de resoldre ella tota sola.

Així doncs, l'endemà al matí es va alçar decidida a anar a veure el Floquet per treure-li aquella idea boja del cap. Com cada dia, es va acomiadar dels seus pares com si se n'anés a l'escola. Però...

—Paula, no t'emportes la pilota? —li va preguntar la seva mare, sorpresa.

Ostres, la pilota! Sempre se l'emportava, però aquell dia ni tan sols se n'havia recordat.

—És que... s'ha rebentat —va inventar-se, i va sortir de casa abans que li fessin més preguntes.

Quan va sortir al carrer, va topar la persona que menys li venia de gust veure: el Leo!

—Som veïns! —va exclamar tot cofoi i nerviós—. Podríem anar junts a l'escola!

—No puc, abans haig d'anar a fer una cosa —va dir la Paula intentant esquivar-lo, però ell li va barrar el pas.

—Ei, jo també haig de fer una cosa! La podríem fer junts. Què hem de fer? —va dir el Leo, cada cop més nerviós.

La Paula estava a punt de rebentar d'impaciència.

—Res, Leo. Avui arribaré una mica tard a classe, però...

—Arribaràs tard a classe? —va exclamar ell, escandalitzat.

—Trigaré molt poc, però me n'haig d'anar ara mateix. Adéu!

La Paula el va esquivar i va engegar a córrer. El Leo la va observar allunyar-se, desanimat. Tants dies planificant aquella trobada per aconseguir parlar amb la Paula camí de l'escola, i havia estat un autèntic desastre. Però ara l'amoïnava més una altra cosa: la Paula arribaria tard a classe! Per què? I si tenia algun problema? Potser hauria d'intentar ajudar-la, potser hauria de seguir-la per assegurar-se que tot anava bé...

11

ADÉU, MÓN CRUEL

A dins del farcell, el Floquet i l'Ailur no paraven de moure's.

—Què ha passat? —va voler saber el Floquet—. Que ens han descobert, els del zoo?

—I jo què sé, polvoró amb potes! —va cridar l'Ailur, enfadat—. Ajuda'm a sortir!

El Floquet va empènyer l'Ailur amb totes les seves forces per ajudar-lo a sortir pel capdamunt del farcell. Amb un «Plop!», el panda vermell va aconseguir treure el cap.

—Estic encallat! —es va queixar.

El Floquet va treure el braç per intentar fer força i obrir el farcell, però també es va quedar encallat.

—M'ofego...! —va dir l'Ailur amb un fil de veu—. Adéu, món cruel...

El Floquet va moure el braç a cegues, intentant trobar una manera d'obrir el farcell, però només va aconseguir clavar un parell de bufetades al pobre Ailur.

—Espera, hi ha una corda! Estira-la! —va mussitar l'Ailur.

El goril·la va trobar la corda i la va estirar amb totes les seves forces, però només va aconseguir tensar-la més, ofegant del tot l'Ailur.

—Al revés... —va indicar el panda vermell, a punt de perdre el coneixement.

El Floquet li va fer cas i, per fi, la corda es va afluixar. L'Ailur va poder respirar i ell va poder treure el cap. Va descobrir que eren a dins d'una furgoneta, plena d'animals dissecats i altres objectes que posaven els pèls de punta.

—On som?

—A la furgoneta del Jack l'Esbudellador! —va cridar l'Ailur, espantat.

Al seient del conductor de la furgoneta, el Luc de Sac xiulava tot content mentre conduïa cap a casa. Tot d'una, una àvia molt arrugada va sortir del no-res i es va quedar plantada al mig de la calçada! El Luc de Sac va frenar bruscament per no atropellar-la i...

...De la frenada, les portes posteriors de la furgoneta es van obrir, el mecanisme que mantenia al Floquet i l'Ailur atrapats es va desplegar i els dos amics van quedar lliures!

—Anem! —va cridar el Floquet engegant a córrer.

—Vigila! —va cridar l'Ailur mentre l'aturava, evitant que un autobús l'atropellés!

Mentrestant, l'àvia molt arrugada s'havia plantat al davant del Luc de Sac.

—Que ha vist el meu gos? —li va preguntar—. Es diu Rufi.

«Rufi. Quin nom més horrorós», va pensar el Luc de Sac. Però aviat li va importar ben poc, perquè pel mirall retrovisor va descobrir el Floquet i l'altre bitxo pelut escapant-se! Va baixar a corre-cuita de la furgoneta per aturar-los, però els dos animals el van veure i van engegar a córrer. El Luc de Sac va anar darrere seu, però la seva mala sort va entrar en acció perquè va trepitjar la tela de la trampa, que es va activar i el va deixar ben atrapat a dins del farcell!

—I aquest qui és? —va preguntar el Floquet.

—M'és absolutament igual! —va escridassar-lo l'Ailur—. Gairebé aconsegueixes que ens matin!

—Ho sento... —es va disculpar el Floquet.

Els dos amics van córrer cap a un edifici i van començar a escalar-lo. A l'Ailur li costava una mica per culpa del seu cos de panda vermell, però amb l'ajuda del Floquet van arribar a dalt de tot.

—Crec que avançarem amb més discreció pels terrats i teulades de la ciutat —va comentar l'Ailur, que es va posar a estudiar el plànol—. Nosaltres som aquí... podem anar per aquest camí fins on és la bruixa... és a dir, allà!

Amb la pota estirada, l'Ailur va assenyalar l'altra punta de la ciutat. El Floquet no s'ho podia creure: estaven molt lluny!

—Au, anem, ja hem perdut prou temps! —va exclamar, però l'Ailur el va aturar.

—Un moment! És hora de meditar —va dir el panda vermell mentre s'asseia, es col·locava en posició de meditació i tancava els ulls.

—Ailur, ara no! —es va queixar el Floquet, però el panda vermell no li va fer gens ni mica de cas.

No gaire lluny d'allà, el Luc de Sac va aconseguir alliberar-se de la seva trampa.

—Ja sabia que no podia ser tan fàcil —va remugar.

Però li era igual. Costés el que costés, trobaria aquell goril·la. Res no podia aturar-lo!

12

NI QUE ESTIGUESSIS ENAMORADA D'ELL

Aprofitant que el Ron i el Kiddo encara dormien, la Ndengue va fer dues coses. Primer, va reunir un munt de plàtans. Segon, va entrar a la caseta dels cuidadors del zoo d'amagat per aconseguir pólvores de talc.

Després, va acostar alguns dels plàtans al nas del Kiddo. Li agradaven tant que va obrir els ulls a l'instant i va començar a bavejar!

—Els vols? —li va preguntar la Ndengue, assenyalant el munt de plàtans.

El Kiddo, meravellat davant d'aquell irresistible banquet, va assentir sense pensar-s'ho.

—Doncs m'hauràs de fer un favor —va aclarir la Ndengue.

Una estona després, el Kiddo era darrere una roca

cobrint-se completament de pólvores de talc. Ell es faria passar pel Floquet perquè ningú no el trobés a faltar!

—Ndengue, jo ho faig perquè em dónes els plàtans, però de debò que no entenc per què el vols ajudar —es queixava el Kiddo.

Llavors va sortir de darrere la roca, completament de color blanc. Realment s'assemblava al Floquet!

—Estàs perfecte! —va exclamar la Ndengue amb els ulls brillants.

El Kiddo la va mirar, estranyat.

—Escolta, ni que estiguessis enamorada d'ell...

Una persona no podria veure-ho, però el Kiddo es va adonar perfectament que la Ndengue s'havia posat com un tomàquet.

—N'estàs enamorada! Mare meva, si el pare se n'assabenta serà la fi del món!

—Sisplau —va suplicar la Ndengue.

—D'acord —va sospirar el Kiddo, dirigint-se cap a la zona on els visitants del zoo podrien veure'l.

La Ndengue va tornar al racó on el seu pare l'havia castigada. Aviat va poder sentir els crits dels visitants que cridaven al Floquet. La disfressa funcionava, tots creien que el Kiddo era el goril·la albí!

El soroll va despertar el Ron, que va caminar cap a la Ndengue.

—Ja no estàs castigada —va dir—. Però recorda, no vull que t'acostis més a aquell goril·la.

—D'acord —va dir la Ndengue, sentint-se molt culpable perquè estava enganyant el seu pare de totes les maneres possibles.

El Ron va anar a veure a què es devia tot aquell escàndol. El Floquet era davant dels visitants. Només calia que alcés una mà perquè aquella gent aplaudís i cridés emocionada. El Kiddo, estranyat però gratament sorprès, va començar a fer unes cabrioles que encara van entusiasmar més el públic.

—On és el Kiddo? —va preguntar el Ron de molt mal humor.

La Ndengue, alarmada, es va adonar que no havia previst com justificar davant del Ron la desaparició del seu germà. Afortunadament, va tenir una idea.

—Al lavabo. Ja ho saps, com que menja tants plàtans, després s'hi està molta estona...

13

AQUEST NO ÉS EL FLOQUET!

Quan la Paula va arribar a la porta del zoo, va descobrir horroritzada que no duia al damunt ni una pesseta. No podia pagar l'entrada!

—No tinc diners, però em pot deixar passar, sisplau? És molt urgent —va suplicar a la taquillera.

—Ni parlar-ne —va ser la resposta.

Tot d'una, un braç sorgit del no-res va posar algunes monedes damunt del mostrador.

—Dues entrades —va dir la veu del Leo.

—Leo! Què hi fas, aquí? —va preguntar la Paula, sorpresa.

—Arribar tard a classe —va respondre-li.

El Leo havia suposat que la Paula trobava molt a faltar el Floquet i necessitava visitar-lo, així que va pensar que no li costava gens ajudar-la.

—Moltes gràcies, Leo —va agrair la Paula; la pobra se sentia una mica culpable: ella sempre se'l treia del damunt, però en canvi ell l'ajudava.

Sense dir res més, van córrer cap a la parcel·la dels goril·les. Quan la Paula va veure el goril·la albí, va sentir que l'ànima li queia als peus.

—Aquest no és el Floquet! —va exclamar.

El Leo no entenia res. De què parlava? Si tenien el Floquet al davant! Però la Paula ja corria al voltant de la parcel·la, buscant l'autèntic Floquet. Quan va divisar el seu racó, ple de papers de publicitat de la Bruixa del Nord, els seus pitjors temors es van fer realitat: s'havia escapat per anar a visitar-la! Quin desastre, havia arribat tard!

—El Floquet s'ha escapat. Avui no puc anar a l'escola, l'haig d'anar a buscar —va explicar al Leo just abans d'engegar a córrer amb la publicitat de la bruixa a la mà.

El pobre Leo estava més confós que mai. «Per què sempre m'agraden les noies rares?», es va lamentar. A sobre, la Paula tenia intenció de no anar a classe. Només de pensar-hi es posava nerviós, podria provocar-li molts problemes! Tot i això, la va seguir.

—Paula, espera! Explica'm què passa!

Quan per fi la va atrapar, ella el va posar al corrent de la situació.

—I per què no demanem ajuda als teus pares? —va proposar el Leo.

—Ja ho he provat i no em creuen.

—Doncs truquem a la policia!

—Si els meus pares no em creuen, com vols que ho faci la policia? —va preguntar ella, indignada.

El Leo tremolava dels nervis. Aquesta situació s'estava posant molt lletja.

—Però Paula, si no vas a l'escola t'obriran un expedient i acabaràs a la presó! I t'hauré de fer un pastís per ficar-hi una llima a dins perquè et puguis escapar, però això de cuinar a mi em surt fatal!

Els dos nens van seguir discutint mentre avançaven pel carrer. Molt a prop d'ells, circulava una furgoneta... la del Luc de Sac! El malastruc donava voltes sense èxit per la ciutat buscant al Floquet. Però en aquell moment, la cosa va canviar: va descobrir que tenia pèls del goril·la enganxats al braç! Emocionat, els va agafar. Si el cor era l'amulet definitiu, segur que els pèls ja portaven una mica de bona sort!

I llavors, la va veure. Directa cap a ell, s'acostava una nena que li sonava molt... L'havia vist en algun lloc... És clar! Als diaris i la televisió! Era la nena, la

Paula, la que havia cuidat el Floquet durant uns mesos! I la Paula va dir:

—M'és igual, Leo! Només sé que haig d'anar a buscar el Floquet!

El Luc de Sac va somriure triomfalment: ja sabia com trobar el goril·la.

14

SORT, JA EM PENSAVA QUE ERA UNA PLAGA

El pobre Floquet estava a punt de patir un atac de desesperació. L'Ailur havia estat meditant tota una eternitat!

—Hola? Que hi ha algú? —li va preguntar a cau d'orella.

L'Ailur no es va moure.

—Eiiii!! Que la bruixa se n'anirà!! —va cridar.

Res.

—EIIIIIII!!!! QUE LA BRUIXA SE N'ANIRÀÀÀÀÀ! —va bramar a plens pulmons.

Res de res.

Desesperat, va sacsejar una mà davant la cara de l'Ailur... i sense voler li va donar un cop! Amb un CLONC!, el panda vermell va caure a terra, però es va quedar en la posició de meditació, sense adonar-se de res! Al Floquet li va faltar temps per tornar a posar-lo on era... just abans que es despertés!

—Au, va, anem! —va manar el Floquet, fent veure que no havia passat res.

Durant una bona estona, els dos amics van avançar saltant per arbres, balcons, teulades i terrats. El Floquet s'ho estava passant d'allò més bé, però l'Ailur no tant, perquè els seus salts es quedaven curts i necessitava l'ajuda del goril·la per seguir endavant.

—Maleït cos... —remugava de tant en tant.

Quan van arribar al Parc Güell, van descobrir que no podien seguir avançant sense ser vistos. S'havien acabat els edificis i hi havia moltíssima gent. «I ara què?», es va preguntar el Floquet, desanimat. Però una altra cosa va captar la seva atenció: entre la gent hi havia... un altre goril·la albí!

—Ailur, mira! —va cridar, il·lusionat; no era l'únic!

Però llavors l'altre goril·la albí... es va posar de peu i va començar a repartir publicitat del zoo.

—És un humà disfressat de mi... —va comprendre el Floquet, decebut.

—Sort, ja em pensava que era una plaga —va bromejar l'Ailur.

En aquell instant, l'home disfressat de Floquet es

va treure la disfressa, la va deixar damunt d'un banc i va entrar en un servei públic.

—Tinc una idea, espera'm aquí —va dir l'Ailur.

Mantenint-se ben amagat, el panda vermell es va acostar a la disfressa amb la intenció d'agafar-la. Ja gairebé era seva...

—Rufi, on t'havies ficat? Fa hores que et busco! —va exclamar una àvia mentre li col·locava un collar al voltant del coll.

Era l'àvia molt arrugada, que havia confós l'Ailur amb el seu gos!

—Senyora, es pot saber què fa?! —va preguntar l'Ailur, indignat.

Però és clar, l'àvia només va sentir uns lladrucs estranys. Va començar a estirar la corretja amb totes les seves forces, però l'Ailur s'hi va resistir.

—Rufi! No siguis dolent! No deus pas voler que em tregui el cinturó, oi? —va amenaçar l'àvia molt arrugada.

—Quin cinturó? En tot cas serà la faixa! —va cridar l'Ailur.

Però l'àvia tenia més força que l'Ailur i ja se l'enduia cap a casa. Sort que, del no-res, va aparèixer el Floquet! Amb un salt, es va plantar al costat de l'Ailur, el va alliberar del collar, va agafar la disfressa de goril·la albí, i amb un altre salt es van refugiar al capdamunt d'un arbre!

—Gràcies, Floquet —va agrair el panda vermell mentre es fregava el coll adolorit.

—Per què volies la disfressa? —va voler saber el Floquet.

—Ens disfressarem de persona disfressada de tu per poder seguir avançant sense que ens vegin! —va explicar l'Ailur, ben orgullós de la seva idea.

Així ho van fer. L'Ailur va pujar a les espatlles del Floquet i van ficar-se a dins la disfressa. El Floquet controlava la part corresponent a les cames i l'Ailur el cap. Per al goril·la no era gaire fàcil caminar d'aquella manera, perquè no veia res i el panda vermell l'havia d'anar guiant.

—Atura't! —va cridar el panda vermell de sobte.

El Floquet encara no ho sabia, però havien topat de nassos una professora acompanyada d'un munt de nens i nenes petits!

—Mireu, nens, és el Floquet de Neu! —va exclamar la professora.

Els nens i nenes, emocionats, es van llançar al seu damunt. Des de dins la disfressa, el Floquet va notar les seves abraçades i va sentir els seus comentaris:

—Que maco que és!

—És tan especial!

El Floquet estava emocionat i confós. A aquells nens els encantava el color del seu pèl! Va adonar-se que a la Paula també, i per això s'havia negat a acompanyar-lo a veure la bruixa. Va començar a dubtar. I si estava cometent un error?

Però no va tenir més temps de pensar-hi perquè un dels nens, el més entremaliat del grup, va pujar a un banc... i va arrencar el cap de la disfressa: va deixar l'Ailur al descobert! La professora i els nens, en veure un cap de panda vermell amb cos de goril·la albí, es van espantar i van començar a cridar com bojos. I l'Ailur, espantat perquè els havien descobert, també.

—AHHHHHHHHHHHHHHHH!!! —cridaven uns.

—OOOOOOOOOOOOOHHHHH!!!— cridava l'altre—. Marxem, Floquet, he perdut el cap!

—Quina novetat... —va comentar el Floquet mentre engegava a córrer.

Afortunadament per ells, de seguida van poder sortir del Parc Güell, desfer-se de la disfressa i seguir avançant pels terrats i teulades. Ja estaven molt a prop de la bruixa, però el Floquet no es podia treure del cap un pensament: i si s'estava equivocant?

15

LA MEVA MARE DIU QUE NO VAGI MAI AMB DESCONEGUTS

Durant una bona estona, el Luc de Sac va seguir els nens, que caminaven pel carrer amb presses. Per la seva conversa, va entendre que sabien que el goril·la albí havia fugit del zoo. La Paula sabia on es dirigia i volia anar a trobar-lo, però el nen volia buscar ajuda. Tot d'una, la Paula es va aturar.

—A aquest pas no hi arribarem mai, al Tibidabo! —es va queixar.

Així doncs, el goril·la es dirigia a la muntanya del Tibidabo! Però a quin punt de la muntanya, exactament? Llavors, el malastruc va tenir una idea. Va aturar la furgoneta al costat dels nens i, amb el seu millor somriure, els va cridar l'atenció.

—Hola, maca, tu ets la Paula, oi? La nena que va cuidar el Floquet —va dir, fingint que estava emocionat—. Quina il·lusió! Quan ho expliqui a la meva dona es tornarà boja d'alegria! És que som tan admiradors del Floquet! Escolta, que em podries signar un autògraf?

Va allargar un paper i un bolígraf a la Paula, que se li va acostar per signar l'autògraf.

—Moltííííííssimes gràcies, de debò —va dir—. Va, en mostra d'agraïment us porto allà on vulgueu.

Un gran somriure va il·luminar la cara de la Paula. Això era precisament el que necessitaven!

—Gràcies! —va exclamar mentre obria la porta de la furgoneta, però el Leo la va aturar.

—La meva mare diu que no vagi mai amb desconeguts —la va advertir.

—La teva mare no és aquí —va contestar ella, impacient; que no entenia que allò era molt important, el Leo?

La Paula va pujar a la furgoneta, al seient del copilot. El Leo no ho veia gens clar, tots els sentits li deien que pujar a aquella furgoneta era un gran error, però no podia deixar la Paula sola! Així que va pujar al seient del darrere.

—On anem? —va preguntar el Luc de Sac.

—Al Tibidabo —va contestar la Paula.

—Perfecte —va dir el malastruc posant el vehicle en marxa—. A on del Tibidabo, exactament?

Però no va rebre resposta. El Leo no pensava obrir la boca, i la Paula s'havia capficat en els seus pensaments. Durant una estona van seguir així, en silenci. Però el Luc de Sac necessitava informació.

—Digues, Paula, que el veus gaire sovint, el Floquet? —va preguntar.

—Des que és al zoo, no gaire —va explicar ella, trista.

—El deus trobar molt a faltar, oi?

—Sí. És el millor amic que he tingut mai —va confessar.

Al seient del darrere, el Leo es va sentir molt miserable. Hauria de ser ell, el millor amic! Era ell el que estava fent campana i el que havia pujat a la furgoneta d'un desconegut! I a sobre, era una furgoneta una mica inquietant. Pertot arreu hi havia trossos d'animals dissecats i objectes estranys. Llavors va descobrir, al terra, un llibre d'allò més curiós. Es deia *Amuletus Infalibilus*. El va agafar i el va començar a fullejar... fins que va trobar una fotografia del Floquet... justament marcant una pàgina que explicava com arrencar el cor d'un goril·la albí per tal d'atreure la bona sort! Mare meva, quin desastre, s'havien ficat a la gola del llop! Havia de fer alguna cosa!

Als seients del davant, el Luc de Sac i la Paula van sentir com el Leo esternudava escandalosament.

—I avui el veuràs, el Floquet? —va preguntar el malastruc.

La Paula va pensar que si li explicava el problema que tenien, segur que els ajudaria.

—Tinc pipí! —va cridar el Leo de sobte.

—Ara no podem parar, Leo! —va cridar la Paula, que no entenia què li passava, a aquell noi.

—I és clar que no, nen. Per què no te l'aguantes una mica? —va dir el Luc de Sac.

—Doncs me'l faré a sobre i el seient el rentarà vostè —va amenaçar el Leo.

El Luc de Sac va frenar la furgoneta de cop.

—Paula, vine amb mi, que em fa por anar-hi sol —va suplicar el Leo.

La Paula, indignada, es va girar cap a ell. I per més que el Leo li va fer senyals perquè callés, no va poder evitar que deixés anar:

—És que no entens que el Floquet es pot fer canviar el color del pèl en qualsevol moment?! Ja deu ser amb la Bruixa del Nord!

Quan el Luc de Sac va sentir aquestes paraules,

gairebé té un atac de cor. La Bruixa del Nord! Sabia perfectament qui era. Ell ja l'havia anat a visitar un cop per demanar-li que el desfés de la seva mala fortuna. Tot i que a ell no l'havia pogut ajudar, sabia que era prou poderosa per canviar el color del pèl d'un goril·la.

—I per què el Floquet voldria fer una cosa així? —va voler saber, intentant amagar els nervis.

—Perquè els goril·les del zoo el tracten molt malament. Estic segura que ho fan només perquè és diferent —va explicar la Paula.

—Entenc perfectament com se sent el teu amic —va dir el Luc de Sac, i ho deia sincerament. Després va afegir:— Hem d'evitar que el Floquet cometi l'error més gros de la seva vida.

La Paula va somriure, contenta d'haver trobat una persona disposada a ajudar-los. Però alguna cosa en la mirada del Luc de Sac la va inquietar i li va tallar el somriure. I abans que poguessin reaccionar, el malastruc els va agafar, els va lligar ben lligats i els va tancar al maleter de la furgoneta!

—He intentat dir-t'ho! —va gemegar el Leo—. Vol arrencar el cor del Floquet! Té un llibre que explica com fer-ho!

—Què?! —va cridar la Paula, horroritzada.

En aquell moment es va adonar que havia estat una imprudent. El Leo l'havia avisat i ella no li havia fet gens de cas.

Van notar com el vehicle tornava a posar-se en moviment.

—Vull sortir d'aquí! —va cridar el Leo dominat per un atac de pànic—. T'he avisat! T'he dit que era perillós! Ara ens morirem! ENS MORIREM! M'ofego! M'ofegoooo...

La Paula es va adonar que el Leo s'estava ofegant de debò. Així que va fer el primer que se li va ocórrer: li va fer un petó. El Leo va deixar de cridar a l'instant.

—M'has fet un petó? —va preguntar, sorprès.

—Ja pots respirar, oi? —va ser la resposta de la Paula.

Doncs sí, era veritat. Ja podia respirar.

16

A QUÈ DIANTRE ESTEU JUGANT?

El Kiddo s'havia convertit en el centre d'atenció de tot el zoològic. El públic li reia les ganyotes i aplaudia totes les cabrioles. Tothom es pensava que era el Floquet, i d'aquesta manera el Kiddo assaboria les mels de l'èxit. «Qui m'ho havia de dir!», pensava el Kiddo. «Ser un goril·la blanc és el millor del món!».

El Kiddo va agafar un plàtan, el va estrènyer amb força per disparar-lo enlaire... però el plàtan li va anar a parar directament a un forat del nas! La gent va riure com mai veient el goril·la amb el plàtan allà incrustat. El Kiddo, divertit, va aprofitar per anar a l'altra banda de la parcel·la a buscar més plàtans. Però mentre els collia, una ombra amenaçant va començar a envoltar-lo...

—Ja n'hi ha prou! Qui t'has pensat que ets?!

El crit va espantar molt el Kiddo, que va començar a tremolar. No s'atrevia ni a girar-se. Coneixia molt bé aquella veu greu i potent. Era el seu pare... que també el confonia amb el Floquet!

El Ron va colpejar-se el pit amb fúria i el Kiddo es va encongir com un cadell, més espantat que mai.

—Últim avís: si continues fent que el públic cridi tant tindràs veritables problemes amb mi... M'has entès?!

El Ron se'n va anar i va deixar el Kiddo tremolant com un flam. La Ndengue va córrer a consolar el seu germà.

—Kiddo, estàs bé? —va dir mentre l'abraçava.

—Has vist com m'ha tractat el papa? —gemegava el Kiddo—. Mai l'havia vist així...

—Entens, ara, com es deu sentir el pobre Floquet?

I llavors, d'un salt enorme, el Ron va tornar a aparèixer davant d'ells, encara més fora de si que abans.

—Que ningú no em fa cas aquí o què?! Allunya't de la meva filla!

—No, pare! —va cridar la Ndengue per intentar aturar-lo... però va ser una altra cosa que el va aturar.

Va ser el públic, que va començar a recriminar l'actitud del pare goril·la.

—Buuuh! —cridava un.

—Fora! —deia un altre.

—Goril·la dolent! No el tractis així!

I sobretot, la frase d'un pare que el mirava fixament als ulls:

—T'hauria de fer vergonya! Ets un monstre!

Aprofitant que el Ron s'havia quedat tocat amb aquest comentari, la Ndengue el va agafar de la mà i se'l van endur a la part de darrere de la parcel·la.

—Vine —li va dir—. T'hem d'explicar una cosa.

Un cop allà, la Ndengue va fer un senyal al Kiddo, que va començar a espolsar-se el talc del cos. Un gran núvol blanc es va dibuixar al voltant d'ells. I, en esvair-se, va aparèixer el Kiddo amb el seu pèl fosc de sempre.

—Kiddo! —va cridar el Ron, sense entendre res—. Però a què diantre esteu jugant?

—Papa— va començar la Ndengue—, el Floquet ha anat a la ciutat per resoldre el problema que té amb tu. I nosaltres l'estem encobrint.

El Ron es va quedar sense saber què dir.

—Què faries si en Kiddo fos blanc de veritat? — va continuar ella—. O si ho fos jo? No creus que la mama ens hauria fet costat?

La mare de la Ndengue i el Kiddo havia mort uns

anys enrere i el Ron la trobava molt a faltar. Per això quan la va sentir anomenar, es va enfadar molt.

—No gosis ficar la teva mare en tot això! M'és ben igual on hagi anat el Floquet! Vés fent-te a la idea que no el tornaràs a veure mai més. No serà capaç de superar els perills de la ciutat!

I, com si es tractés d'una terrible premonició, la megafonia del zoo va anunciar el tancament de les instal·lacions:

—Senyores i senyors, el Zoo de Barcelona és a punt de tancar les portes. Si els plau, vagin sortint del recinte. Els agraïm la seva visita i esperem que tornin aviat.

En sentir-ho, la Ndengue i el Kiddo es van abraçar, molt preocupats. I si el seu pare tenia raó? I si el Floquet no aconseguia tornar mai més al zoo?

17

RELAXA'T I GAUDEIX DEL VIATGE

El Tramvia Blau de Barcelona va tancar les portes i va iniciar el seu ascens cap al Tibidabo. Aquell dia el tramvia no anava gaire ple, però, en l'últim moment, dos passatgers inesperats es van unir al trajecte, i sense pagar bitllet! Eren el Floquet i l'Ailur, que havien aconseguit saltar a temps i plantar-se al sostre del tramvia sense ser vistos.

—Som a prop! —va dir l'Ailur, emocionat—. Puc sentir les vibracions de la bruixa! Quan aconsegueixi el meu cos de pantera seré l'enveja del zoo.

Però el Floquet no estava tan animat. En una mà tenia el mapa que marcava el camí fins a la bruixa. I a l'altra, la bola de neu que la Paula li havia regalat. El Floquet mirava els dos objectes, intentant trobar-hi la solució als seus dubtes.

—Ailur, tu creus que faig bé volent canviar-me el color del pèl? —va preguntar—. Aquells nens que ens han abraçat quan anàvem disfressats...

—Nano, deixa't d'abraçades i de punyetes —va interrompre l'Ailur—. El teu problema no són els humans, sinó els goril·les. Fins que no et vegin com un d'ells, no deixaran que t'hi acostis. I tu vols estar amb la Ndengue, oi? Doncs només hi ha una solució i ja saps quina és. Vinga, home, com diu el John Lennon, «relaxa't i gaudeix del viatge»!

El Floquet va pensar que el seu amic tenia raó. A més, ja estaven massa a prop per fer-se enrere.

Just en aquell moment una mosca es va ficar a la boca de l'Ailur, fent-lo tossir fastiguejat. El Floquet, divertit, el va picar a l'esquena perquè no s'ennuegués. I llavors va veure que els passava just pel costat la furgoneta de l'home que els havia intentat capturar!

—Mira, Ailur, el boig de la furgoneta!

El Luc de Sac, al volant, també els havia vist i no s'ho podia creure. Tenia el goril·la albí a tan sols uns metres!

L'Ailur, en treure el cap per sobre el tramvia, va donar un cop al Floquet... i el mapa se li va escapar de les mans. I just va anar a parar... al parabrisa del Luc de Sac!

—No! —va cridar el panda vermell—. Sense el mapa mai no trobarem la bruixa!

I sense pensar-s'ho dos cops, l'Ailur va saltar al parabrisa per recuperar-lo.

—Ailur! Que ets boig? —va cridar el Floquet, alarmat.

El panda vermell, agafat a la capota de la furgoneta, va recuperar el mapa, però el Luc de Sac va començar a donar cops de volant per fer-lo caure. El Floquet no va tenir altre remei que saltar, també, al parabrisa per ajudar el seu amic! Quan el Luc de Sac va veure que tenia el goril·la davant seu, va trepitjar el fre i tots dos animals van caure a terra.

—Ara sí que ets meu! —va cridar el malastruc.

Però, un cop més, la seva mala sort li va fer una mala passada: la porta de la furgoneta no s'obria! Desesperat, va començar a colpejar-la amb molta ràbia però sense èxit. Desconcertats, el Floquet i l'Ailur van aprofitar el moment per recuperar-se i arrencar a córrer, endinsant-se al bosc.

En veure'ls desaparèixer, el Luc de Sac va deixar d'intentar obrir la porta. Una vegada més, el Floquet s'havia tornat a escapar! Per què tot sempre li sortia malament? I llavors, com si la seva sort es volgués riure d'ell a la cara mateix, la porta va caure a terra. Per fi s'havia obert. El Luc de Sac no s'ho podia creure. Tota la seva vida cada cop s'assemblava més a un acudit dolent...

El Floquet i l'Ailur van travessar el bosc com si els perseguís el dimoni mateix. Seguint el mapa, van anar saltant de branca en branca i de tronc en tronc, fins que van aparèixer en una esplanada plena de gent estrambòtica. Tot tipus de persones que necessitaven alguna espècie de miracle, que volien canviar alguna cosa que no els agradava d'ells. Gent, en definitiva, que feia cua esperant que una persona fes realitat els seus somnis. L'única al món capaç d'aconseguir-ho.

Sí, en efecte. El Floquet i l'Ailur havien arribat, a la fi, a la caravana de la Bruixa del Nord.

18

EM SEMBLA QUE LI AGRADES, COL·LEGA

L'interior de la caravana de la bruixa era un autèntic caos: ampolles amb tot tipus de pocions, ingredients exòtics, capses, papers amb encanteris misteriosos... El Floquet i l'Ailur s'hi havien colat a través d'una petita finestra. Des d'aquella posició privilegiada, podien espiar la bruixa, que estava amb un client calb. La bruixa tenia un nas allargat i ple d'arrugues. Era l'única cosa que podien veure'n, ja que la seva cara quedava oculta sota un enorme barret punxegut. Tot i això, semblava la dona més lletja del món!

Just en aquell moment, la bruixa va dur a terme un encanteri davant l'home calb, i una gran explosió de colors va envoltar-lo. En esvair-se el fum, l'home calb es va mirar al mirall. Li havien crescut els cabells, sí... però només a la meitat esquerra del cap!

—Però si continuo mig calb! —va cridar l'home—. No em pot deixar així! Què vol? Que vagi pel món sempre de perfil perquè no ho vegi ningú?

—Amb els pocs diners que m'has donat no penso fer-te créixer més cabells! —va contestar ella, molt enfadada—. Torna demà amb més diners i ja en parlarem!

L'home es va aixecar i va marxar molt ofès, clavant un cop de porta ben fort.

—Ailur —va dir el Floquet—, com l'hi pagarem, nosaltres?

L'Ailur va obrir una capsa que tenia al costat i va somriure: era plena de bitllets! El Floquet va fer-li l'ullet, còmplice.

La bruixa es disposava a cridar al següent client quan va sentir que algú l'observava. En girar-se, es va trobar l'Ailur al davant!

—Què hi fas aquí, mala bèstia! —va cridar aixecant l'escombra per colpejar-lo—. Fora de la meva caravana! No m'agraden les bestioles!

I llavors, la bruixa es va quedar de pedra. Per primer cop se li van veure els ulls blaus sota l'enorme barret. No podia creure's el que estava veient. I és que l'Ailur havia saltat per amagar-se darrere una criatura meravellosa, amb qui la bruixa no hauria esperat trobar-se mai... el Floquet de Neu!

DEL NORD

—Beneïda sigui la meva sort —va exclamar—. Un goril·la blanc!

—Em sembla que li agrades, col·lega —va dir l'Ailur al Floquet.

En qüestió de segons, l'actitud de la bruixa va canviar completament i els va convidar a seure. La gran sorpresa, però, va arribar quan la bruixa es va treure el barret... i la màscara que duia! En realitat, era una dona guapíssima!

—Què passa? —va dir ella en veure les seves cares—. Si em disfresso així faig el doble de calés!

—Nano —va dir l'Ailur al Floquet—, a aquesta li agraden més els quartos que a mi la pantera rosa!

—I digues, goril·la albí —va preguntar la bruixa—, què puc fer per tu?

El Floquet va assenyalar el seu pèl i després una cortina de color negre. La bruixa ho va entendre al moment, era una bruixa molt intel·ligent!

—Ahà. Vols canviar el color del pèl!

El Floquet i l'Ailur van somriure, il·lusionats. Però la bruixa es va posar tota seriosa:

—Doncs jo no t'hi penso ajudar. El teu pèl és massa valuós!

Al Floquet li va caure l'ànima als peus. Tota aquesta aventura no havia servit de res?

—Vinga, senyora, enrotlli's una mica! —va dir l'Ailur—. No s'imagina el dia que hem passat, avui!

Llavors el Floquet va decidir que no es rendiria tan fàcilment: es va arrencar un ble de pèls blancs per oferir-los a la bruixa.

—Què fas? —va preguntar ella, fent-se l'ofesa—. Em vols comprar amb quatre pèls? Ha!

Decidit, el Floquet se'n va arrencar un grapat més. I en veure'ls, la bruixa no va poder resistir-s'hi i els va agafar amb avarícia!

—D'acord! T'ajudaré! Seré l'enveja de totes les bruixes! L'única amb pèls de goril·la albí! Som-hi, doncs!

Dit això, la bruixa es va aixecar, però l'Ailur va cridar la seva atenció.

—Tu també vols alguna cosa? —li va preguntar ella—. I com em penses pagar?

L'Ailur, llavors, li va oferir un grapat de bitllets. Els bitllets que havia trobat abans a la capsa i que la bruixa, per sort, no va reconèixer.

—Mmm... D'acord —va dir agafant-los a correcuita—. Què vols de mi?

L'Ailur va intentar explicar-se fent mímica, fent postures felines, mentre la bruixa mirava d'entendre'l.

—Vejam... et mous com un gat... però no ets un gat. Ja ho sé! Vols ser un gat!

L'Ailur va fer que no amb el cap.

—Vols ser un lleó!

L'Ailur va fer que no.

—Un tigre!

Tampoc.

—Un linx!

No!

—Un lleopard!

Que no!

—Un guepard!

Tampoc!

—Un jaguar!

Noooooo!

—Un puma!

NOOOOOOOOO!

—Una pantera!

Al·leluia!!! L'Ailur i el Floquet van començar a saltar d'alegria. Ara sí que l'havia encertada!

—Doncs això no ho puc fer —va admetre la bruixa—. Em sap greu, però no puc canviar un cos sencer. Això, petit panda vermell, no depèn de mi.

Durant uns instants, l'Ailur no va poder reaccionar... no s'ho podia creure! Tota la vida esperant aquest moment i ara tot el seu món s'enfonsava.

—Què diantre vaig fer a la meva altra vida per merèixer-me aquest càstig? —va cridar al cel, tot trist.

Enfadat, amb la pota va reclamar els diners a la bruixa. Ella, amb gran esforç, tot i la seva gran avarícia, els hi va tornar. El Floquet el va voler consolar, però l'Ailur el va ignorar, tot trist, i se'n va anar a un racó de la caravana. Allà es va ficar dues provetes a les orelles per aïllar-se del món i es va posar a meditar.

—Vine, petit goril·la, no et preocupis per ell —va dir la bruixa—. Vols la teva poció o no la vols?

19

ÉS EL MONSTRE DE LES ABELLES!

La furgoneta del Luc de Sac va derrapar amb violència i el malastruc va sortir com un llamp cap al bosc, amb un matxet a la mà. Se li acabava el temps i havia d'enxampar d'una vegada aquell goril·la blanc.

Dins la furgoneta, la Paula i el Leo seguien lligats.

—Ens hem aturat! —va dir la Paula—. Això vol dir que ja som al Tibidabo!

—Paula, ajuda'm! —va cridar el Leo—. Sé com sortir d'aquí!

Uns cops molt forts es van començar a sentir des de fora la furgoneta. POM! POM! Eren la Paula i el Leo que, a cops de peu, intentaven obrir les portes de darrere del vehicle. Fins que... POOOMMM!!! Ho van aconseguir! Van sortir com van poder, lligats com estaven l'un contra l'altra. Quan van ser drets, però, van descobrir que era molt complicat mantenir l'equilibri estant lligats!

—Cap a la dreta, Leo, cap a la dretaaaaaaaa...!!

Tots dos van caure a terra, com si fossin un caneló gegant, i van començar a rodolar, cada cop a més velocitat!

—UAAAAAAAAAAAAAAAAAAAAAH!!!

El caneló rodant va acabar impactant contra un gran matoll. Per sort, els nens no es van fer pas mal! És més, gràcies al fet d'haver donat tantes voltes, la corda amb la qual estaven lligats es va trencar! Eren lliures!

—Ho veus, Paula? —va dir el Leo fent-se el llest—. Ho tenia tot controlat.

—Ja —va contestar ella, amb un mig somriure—. Vinga, no perdem més el temps. Hem de trobar el Floquet abans que aquest sonat!

I tots dos van córrer cap al bosc.

Malauradament, el Luc de Sac els portava molt avantatge. Amb el seu matxet s'obria pas tallant branques, tan ràpid com podia. Quan ja començava a veure la caravana de la bruixa a través del fullam, va donar un darrer cop de matxet... que es va quedar fortament clavat a un tronc! El Luc de Sac va sacsejar-lo amb energia, per alliberar-lo, però no hi havia manera! Amb totes les seves forces va fer un últim intent, fent que tot l'arbre es mogués, i aquest cop ho va aconseguir... però amb tanta mala fortuna que un rusc d'abelles que hi havia en aquell arbre es va despenjar i va caure... just al seu cap!

—UAAAAAAAAAAAHHHHHHH!!!! —va cridar el Luc de Sac.

Amb el rusc encaixat al cap, el Luc de Sac va començar a córrer sense direcció. Les abelles el punxaven per tota la cara i no hi havia manera de treure-se'l!

El pobre Luc de Sac va aparèixer a l'esplanada on els clients de la bruixa feien cua, cridant com un boig i amb un núvol d'abelles envoltant-lo. La gent, en veure'l, va començar a cridar i a córrer espantada!

—Fugim d'aquí! —cridaven.

—És el monstre de les abelles!

—Marxem a casa, la bruixa ens ha enviat una maledicció!

—Ja m'ho deia la meva dona, que això acabaria malament!

En qüestió de segons, tothom va marxar, deixant el Luc de Sac corrent i cridant com un histèric amunt i avall. Fins que al final... BUMMM! Es va clavar un cop tan fort contra un tronc, que el rusc es va obrir com un ou i va quedar alliberat!

El Luc de Sac tenia tota la cara plena de picades, estava a punt de desmaiar-se... però traient forces d'on gairebé no n'hi havia, es va aixecar i a la fi va veure la caravana de la bruixa just davant seu.

20

AQUÍ L'ÚNICA QUE ES TENYIRÀ ELS CABELLS ÉS LA BRUIXA!

La bruixa va posar un tap en un bonic flascó de vidre. Dins hi havia un líquid blavós i brillant, que el Floquet mirava embadalit.

—Ara has de barrejar la poció amb un pèl negre de goril·la i beure-te-la. Quan te la prenguis, el pèl et canviarà de color.

La bruixa va donar la poció al Floquet. El seu somni ja estava ben a prop! Només calia tornar al zoo i demanar un pèl a la Ndengue. I ja està. Tot solucionat!

Doncs no. Just en aquell moment, la porta es va obrir de cop, dibuixant una ombra allargada al terra.

—Aquí l'única que es tenyirà els cabells és la bruixa!

El Luc de Sac els observava amb ulls de boig i tota la cara inflada per les picades d'abella.

—Luc de Sac! —va cridar la bruixa.

—Vaja, te'n recordes de mi, oi? Tant se val, no és moment de recordar vells temps. He vingut per ell! —va cridar el Luc de Sac, assenyalant el Floquet.

La bruixa ho va entendre tot, ja que, com a bona bruixa que era, coneixia tots els rituals i encanteris existents.

—No pot ser —va dir—. No em diràs que vols arrencar-li el cor?

El Floquet va fer uns ulls com unes taronges. Havia dit «arrencar-li el cor»?

—Ni tan sols saps si aquell antic ritual funcionarà —va continuar ella—. I a més, és una barbaritat!

—I què vols que hi faci? —va contestar desesperat el Luc de Sac—. Tornar a demanar-te ajuda? Continuar provant amulets que no serveixen per res? Res no funciona! RES! I no puc seguir vivint així! La gent m'evita com si tingués la pesta! No puc anar al mercat perquè al meu pas totes les fruites i verdures cauen a terra! Tinc un queixal que m'està matant de dolor i cap dentista em vol rebre! Tu creus que això és vida? És ell, o jo. I em trio a mi. I el seu cor. És la meva última oportunitat!

Dit això, el Luc de Sac va començar a apropar-se al Floquet. Però la bruixa no estava disposada a permetre-ho i va saltar sobre l'esquena del malastruc!

—Corre! Fuig! —va cridar al Floquet.

—Surt de sobre meu, bruixa!

El Floquet va aprofitar per córrer cap a l'Ailur.

—Ailur! Desperta! Hem de fugir!

Però l'Ailur estava en plena meditació i no s'assabentava de res.

Mentrestant, el Luc de Sac intentava treure's la bruixa de sobre. Però ella, en lloc de rendir-se, va agafar una cassola i va començar a colpejar-lo al cap. CLONG! CLONG!

—Deixa'l estar! Deixa'l estar! —cridava a cada cop de cassola.

El Luc de Sac va començar a córrer per la sala, intentant fer-la caure. Algunes estanteries queien, tot tipus d'objectes sortien volant... Heu vist mai un huracà? Doncs ben bé semblava que n'hagués entrat un dins la caravana!

El Floquet també corria per buscar una sortida. Llavors va veure la finestra per on havia entrat! Però en apropar-s'hi el pobre va ensopegar amb un pot que havia caigut a terra i va fer dues tombarelles cap enrere! No es va fer mal però es va quedar ben marejat.

Just en aquell moment, el Luc de Sac va aconseguir que la bruixa es colpegés el cap amb una biga del sostre. PATAPAM! La fetillera va caure sobre el sofà, inconscient.

El Luc de Sac es va girar cap al Floquet, que encara feia passes inestables, mig marejat. Va agafar un sac, s'hi va apropar decidit... i el va cobrir de cap a peus.

—Ara sí que ets meu i ben meu!

21

PER QUÈ?!

La Paula i el Leo van arribar esbufegant a la caravana de la bruixa. Tot estava molt tranquil. Massa tranquil. La Paula tenia un mal pressentiment... I de tan ràpid que van entrar, no van adonar-se que el Luc de Sac estava amagat rere la caravana, amb el Floquet a dins del sac! Quan els nens ja eren dins, el Luc de Sac va arrencar a córrer en direcció contrària, cap a casa seva...

—Senyora! Desperti! Desperti! On és el Floquet?

La Paula va aconseguir despertar la bruixa entre crits i sacsejades.

—El Luc de Sac se l'ha emportat —va contestar la bruixa mentre s'aixecava, encara una mica estabornida—. Ja deu ser camí de casa seva...

—I on viu aquell home? Digui'ns-ho, ràpid!

—Ai, nena, que impacient que ets! Viu en un lloc massa perillós per a dos nens! —va contestar la bruixa, enfadada.

—Però aquell home li vol arrencar el cor! L'hem de salvar!

—Un moment —va interrompre el Leo—. Si en Floquet ja ha canviat el color del pèl, està fora de perill, no?

—No —va respondre la bruixa—. Encara no s'ha pres la poció.

—Li ha donat una poció per canviar-se el color del pèl?! —va dir la Paula, indignada.

—Nena, quin caràcter que tens! Si no rebaixes el to et convertiré en un gripau!

La Paula va respirar fondo i va parar atenció en silenci.

—Molt millor —va continuar la bruixa—. Vejam. El Floquet necessita un pèl de goril·la negre perquè la poció funcioni. Per tant, no se l'ha presa, pots estar tranquil·la.

Però la Paula no podia aguantar-se més i va acabar esclatant.

—Tranquil·la?! El Floquet està a punt de morir i no arribarem a temps de salvar-lo! I tot per culpa seva! Per què no ens diu on viu aquell home? Per què? Per què? PER QUÈ?!

El Leo estava al·lucinant amb la Paula. Estava histèrica! Llavors va fer el millor que se li va ocórrer per tranquil·litzar-la: fer-li un petó! La Paula es va quedar de pedra i va reaccionar instintivament. Vaja, que li va clavar un bon mastegot.

—Et sembla que és el moment de fer el ruc? Aquell home està a punt d'assassinar el Floquet!

—No ho crec pas —va dir el Leo traient un paper de la butxaca—. Sense això, no ho podrà fer.

La Paula va mirar meravellada el paper. Era una pàgina del llibre del Luc de Sac, que el Leo havia arrencat durant el trajecte en furgoneta mentre feia veure que esternudava. La pàgina amb les instruccions del ritual! Efectivament, sense aquella pàgina, el Luc de Sac no podria fer-li res, al Floquet!

La Paula es va girar amb un somriure enorme i li va estampar un petó ben fort a la galta. La mateixa galta que segons abans havia rebut la plantofada.

—Ets un geni! —va dir ella, i el Leo es va quedar amb cara de no entendre absolutament res. El nen va mirar la bruixa, buscant una resposta.

—Em penso que li agrades —li va dir ella en veu baixa.

—Senyora bruixa, sisplau —va dir la Paula, molt

més calmada—. Digui'ns la direcció d'aquell home. Només nosaltres podem salvar el Floquet.

La bruixa se la va mirar, dubtant què fer. Potser sí que aquells dos marrecs eren els únics que podien evitar aquella salvatjada. Coses més estranyes havia vist!

22

ANEM PER FEINA

Era impossible alliberar-se. Aquell home l'havia lligat amb molta força sobre una llitera improvisada al seu taller. Per molt que es mogués, el pobre Floquet estava ben atrapat... i no va poder evitar tremolar quan va veure tornar el malastruc amb una daga molt afilada.

—Anem per feina —va dir el Luc de Sac, nerviós però decidit—. Em sap greu, però és l'única sortida que em queda.

Quan va obrir el seu llibre d'amulets, la cara li va canviar de cop: la pàgina amb el ritual no hi era! El Luc de Sac no va trigar a lligar caps. Aquells maleïts nens! El malastruc va emetre un crit furiós que va fer glaçar la sang del petit goril·la.

—AAAAAAAAAAHHHHHHH!!!!

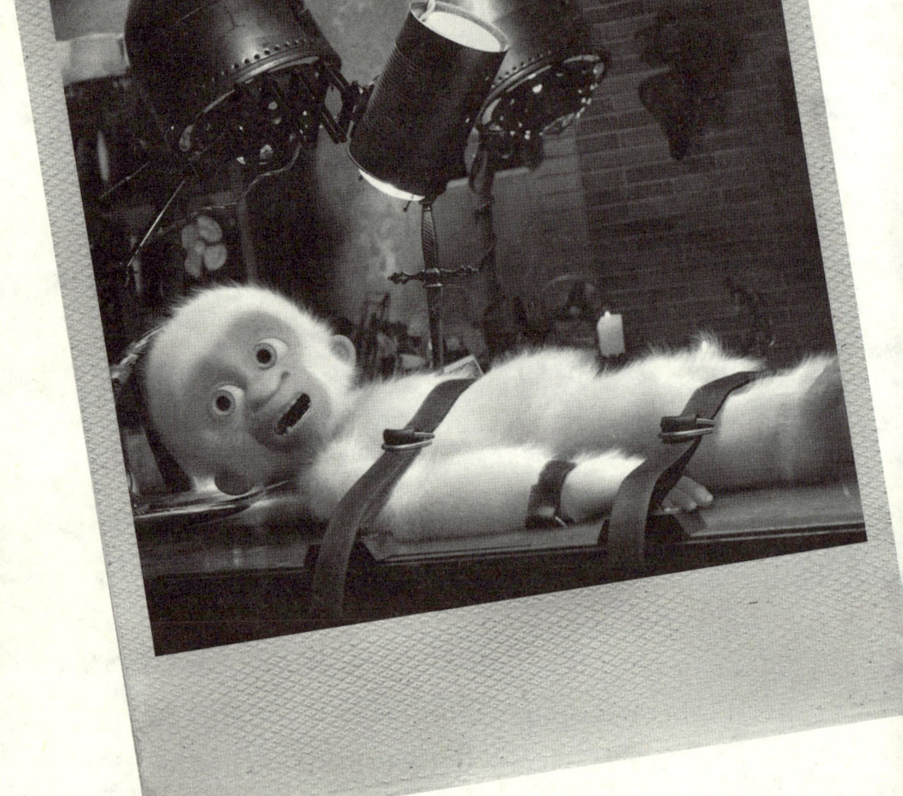

Després va respirar fondo, més relaxat... i va tenir una idea que li va fer recuperar el somriure.

—Bé, no està tot perdut —va dir, girant-se cap al Floquet—. Perquè aquells nens vindran aquí a buscar-te. I jo els estaré esperant...

El Floquet va obrir molt els ulls, espantat. Perquè havia entès que aquell boig no s'estava referint a l'Ailur. Havia parlat d'uns «nens»... i alguna cosa dins seu li deia que només la Paula podia estar-hi al darrere...

No massa temps després, efectivament, la Paula i el Leo es plantaven davant la mansió atrotinada del Luc de Sac.

—És molt estrany que la porta sigui oberta —va dir el Leo, poruc.

—Si em vols esperar fora, ho entendré —va contestar ella, encaminant-se a l'entrada amb decisió. El Leo, per no quedar malament, la va seguir... però sempre darrere d'ella.

A la casa tot era foscor i silenci. S'havia de ser molt valent per entrar-hi!

Quan només havien avançat uns metres, la porta per la qual havien entrat... es va tancar de cop! Els nens van córrer a obrir-la però estava tancada del tot. Només podien seguir cap a la cuina. I en entrar-hi, amagat darrere una porta mig oberta, va aparèixer el Luc de Sac! L'home duia a la mà un corró de cuina, que movia amenaçadorament.

—Encantat de veure-us un altre cop, nens! —va dir somrient. Després es va posar més seriós i allargant la mà cap al Leo va afegir:— La pàgina, vinga!

La Paula es va posar entre tots dos, desafiant el Luc de Sac.

—Ha! Es pensa que el Leo seria tan burro de venir a casa seva i portar la pàgina a sobre?

Però el Leo, mort de por, ja havia tret la pàgina de la seva butxaca i l'estava oferint al Luc de Sac, que la va agafar, satisfet. La Paula va mirar el Leo, al·lucinada, i ell va haver de baixar la mirada, avergonyit.

El Luc de Sac va començar a avançar cap a ells, i els nens a retrocedir, espantats... Què els faria ara aquell home tan malvat?

Del que no s'adonaven era que el Luc de Sac els estava empenyent cap a una trampa!

Quan se'n van adonar, els nens van descobrir que havien entrat a una cambra refrigerada! El Luc de Sac, ràpidament, els va tancar la porta als nassos.

—Porteu-vos bé —va dir el malastruc— i potser no trigaré a deixar-vos sortir.

I dit això, va desaparèixer.

La porta de la cambra tenia una petita finestra en forma d'ull de bou. A través d'ella, es podien veure els dos nens, cridant com mai no ho havien fet. Però malauradament no hi havia ningú en tota la zona que pogués sentir els seus crits...

23

MORIREM CONGELATS

La llum es va apagar de sobte. Una ombra va començar a apropar-se cap a ell. El Floquet tremolava de por...

Llavors es va encendre un altre llum, el d'una lampadeta sobre la llitera. El Luc de Sac va col·locar la pàgina recuperada en un petit faristol. Després va dirigir la llum de la lampadeta al pit del Floquet. El goril·la, horroritzat, va descobrir que la llum dibuixava una forma de cor i que el Luc de Sac l'estava ajustant per no fallar a l'hora de clavar-li la daga! Tot estava perdut. Fins i tot una mosca que començava a voltar per la sala havia vingut per no perdre's-ho.

—Som-hi, doncs —va dir el Luc de Sac al Floquet.

Mentrestant, a la cambra refrigerada, els nens intentaven trencar el vidre de l'ull de bou, llançant-hi tot tipus d'objectes.

La Paula llavors va veure una canonada que recorria el sostre.

—Leo! —va cridar—. Ajuda'm a pujar. Tinc una idea!

La Paula va aconseguir penjar-se a la canonada. Com si fos una trapezista, va començar a gronxar-se per picar amb els peus contra el vidre de l'ull de bou. Però sense voler el que va trencar va ser un petit aparell electrònic que hi havia al costat de la porta. El Leo s'hi va acostar corrent i va veure com el termòmetre que marcava la temperatura de la cambra començava a baixar.

—No sé què has fet, Paula... —va dir el Leo— però morirem congelats!

I per si fos poc, la canonada es va trencar, la Paula va caure a terra i un raig d'aigua la va mullar de cap a peus.

—Ara sí que l'he feta bona! —es va lamentar la nena.

El Leo veia com el termòmetre ja marcava menys de zero graus. I la pobra Paula estava xopa! El nen va buscar tot tipus de draps per cobrir-la perquè cada vegada tenia més i més fred.

—Em sap molt de greu —va dir la Paula—. Moririrem congelats per culpa meva... I el Floquet, també...

—Aquí no morirà ningú! —va cridar el Leo, mentre li col·locava un sac de patates al voltant, per intentar escalfar-la.

—Leo... tinc son.

—Què? —va dir ell sacsejant-la—. No et pots adormir! Una vegada vaig llegir que si tens molt fred és molt perillós adormir-se!

Però a la Paula, entre la tensió i el fred, li quedaven poques forces. El Leo, espantat, va començar a buscar objectes amb què trencar l'ull de bou. Si ho aconseguia, el fred marxaria per aquella finestra. Però ho havia de fer tot sol.

El destí de la Paula, del Floquet i el seu propi estaven a les seves mans...

24

ESTRÈS ELIMINAT, MENT OBERTA

La bruixa ja havia endreçat una part de la caravana. Però ara el que feia era parlar per telèfon, força nerviosa.

—Sí, senyor policia —deia ella—. Ho ha sentit bé, he dit «Luc de Sac».

El que li estaven dient per telèfon no li agradava i cada cop s'enfurismava més i més.

—Escolti, ja ho sé que és un malastruc i que ningú amb dos dits de front no s'aproparia a casa seva. Però li estic dient que aquell home ha segrestat el Floquet de Neu! I que dos nens de deu anys han anat tots sols a impedir-ho! Per l'amor de Déu, només són unes criatures!!!

La bruixa estava realment desesperada, però encara li quedava una carta.

—Miri, ho diré d'una altra manera! —va dir, en to amenaçador—. O hi envien una patrulla ara mateix o vinc jo a comissaria i els converteixo a tots en gripaus! M'ha entès? Doncs a què esperen?!

I dit això, va penjar el telèfon, alleujada.

—Això dels gripaus mai no falla —va dir-se a si mateixa—. Si sabessin que és impossible no sé quina altra ruqueria m'hauria d'inventar...

La bruixa va continuar endreçant l'interior de la caravana. A l'altra banda, però, algú es movia darrere d'una estanteria... Era l'Ailur, que just havia acabat de meditar! Es va treure les dues provetes de les orelles i va sospirar relaxat.

—Estrès eliminat, ment oberta.

Quan va obrir els ulls, es va quedar de pedra. La caravana estava feta una quadra. Quant de temps havia estat meditant?

—Amb això de la meditació sempre em perdo les coses interessants! —va dir-se a si mateix.

L'Ailur va anar cap a la bruixa i li va estirar la faldilla.

—Però què hi fas tu aquí, encara? —va dir-li—. No saps el que ha passat?

L'Ailur va fer que no amb el cap.

—El teu amic està en perill! —va explicar la bruixa—. El Luc de Sac se l'ha endut a casa seva per dur a terme un ritual terrible amb ell!

L'Ailur va començar a grunyir, rabiós (ell sempre pensava que grunyia com una pantera però la veritat és que més aviat semblava un gat refredat).

—Imagino que vols saber on són, oi? —va preguntar la bruixa—. La veritat és que no és gaire lluny d'aquí... i tampoc no és gaire car...

L'Ailur estava convençut que aquella dona era la persona més avariciosa que havia conegut mai. Però no hi havia temps per discutir-li res. Amb un somriure murri, el panda vermell li va donar un altre cop els bitllets a la bruixa. Total, no eren seus i tampoc sabria què fer-ne.

Deu segons més tard (el temps que va trigar la bruixa a explicar-li com arribar a la casa del Luc de Sac) l'Ailur va sortir disparat com una bala cap al bosc. Si encara hi era a temps, ell salvaria el Floquet de les urpes del maleït malastruc.

25

VIRES AERIS TERRAE ET IGNIS

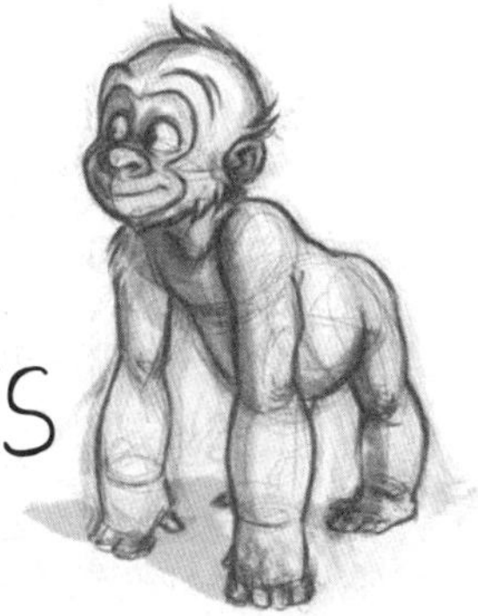

El Luc de Sac ja ho tenia tot a punt: el llum amb forma de cor apuntant directament al cor del Floquet, la pàgina amb les paraules màgiques, la daga i tot de sal espargida pertot arreu, per allunyar la mala sort. Fins i tot la mosca semblava concentrada en aquell terrible espectacle.

Podia començar, doncs, amb el ritual.

—Forces de l'aire, terra, foc i aigua... us invoco per fer aquest sacrifici i alliberar la sort del cor d'aquest goril·la albí!

El Floquet va tancar els ulls, molt espantat. Era la fi!

A la cambra frigorífica, el Leo intentava trencar el vidre de la porta amb un xoriç congelat. Però no hi havia manera! Llavors va veure un pernil enorme penjant del sostre. Decidit, va agafar-lo i amb tota la força de què era capaç, va colpejar l'ull de bou... i va aconseguir trencar-lo!

—Socoooooors!!! —va cridar a través del forat—. Som aquíííííí!!!

Després va córrer cap a la Paula i, horroritzat, va descobrir que s'havia adormit.

—No, Paula! Desperta't, sisplau!!

El Leo va començar a sacsejar-la però no hi havia manera...

—Paula, sisplau!!

I llavors, la Paula va obrir els ulls.

—Quin ensurt m'has clavat! —va dir ell, alleujat.

De sobte, la porta de la cambra es va obrir com per art de màgia. El Leo i la Paula es van abraçar, espantats. Podien veure la figura de la persona que havia obert la porta... però no era una persona, era... una guineu?

No! Era l'Ailur, que els mirava amb un somriure d'orella a orella!

—Us ho ordeno! —continuava el Luc de Sac—. Doneu-me el poder per dominar la bona fortuna!

El Luc de Sac va aixecar la daga amb decisió. Ara només calia encertar el cor del Floquet. El pobre goril·la blanc estava aterrit! Moriria allí mateix sense poder tornar a veure la Ndengue, ni la Paula, ni el seu amic Ailur!

—Vires! Aeris! Terra! Et Ignis!!!

Llavors, la mosca que voltava per la sala va pararse a descansar sobre la lampadeta que il·luminava el cor del Floquet. I, amb el seu pes, va fer que aquesta es mogués just quan el Luc de Sac es decidia a clavar la daga! En moure's la lampadeta, la llum també va desviar-se i la daga del Luc de Sac, en l'últim moment, es va clavar sobre la llitera! Just a uns centímetres de la cara del Floquet!

—Maleït sigui!!!!! —va cridar el malastruc.

El Luc de Sac havia clavat tan fort la daga que no podia arrencar-la de la llitera! Per no perdre temps, va decidir anar a la cuina a buscar un altre ganivet.

—No pateixis, que el proper cop no penso fallar! —va dir sortint del taller.

El Floquet respirava alleujat. No s'ho podia creure. S'havia salvat per ben poc. Però aquell sonat tornaria de seguida. De fet, ja podia sentir les seves passes, que s'apropaven corrent!

O eren moltes passes alhora, les que sentia...?

Si no hagués estat lligat, s'hauria pessigat per confirmar que no estava somiant! Eren la Paula i el Leo que entraven corrent al taller! Els nens van començar a deslligar-lo a corre-cuita.

—Floquet! —va dir la Paula quasi plorant—. Em pensava que no arribaríem a temps. Sort que estàs bé. Si no, no sé què hauria fet...

—I mira —li va dir el Leo—, també ha vingut un amic teu.

El Floquet es va girar a l'altra banda i va descobrir-hi l'Ailur, amb un gran somriure.

—Passava pel barri i m'he dit: vés a donar un cop de mà al teu col·lega, el polvoró nevat —va dir el panda vermell.

Un cop alliberat, tots quatre es van abraçar i van sortir corrent del taller. Però no us penseu pas que ja estaven salvats, tant de bo! Malauradament, encara havien d'aconseguir sortir d'aquella casa!

26

UN... DUS... U... TRUS!

El Floquet, l'Ailur, la Paula i el Leo van córrer cap a la porta per la qual havien entrat els nens però, com era d'esperar, estava tancada del tot. L'Ailur va assenyalar un petit forat a la paret, pel qual havia entrat. Però ni els nens ni el Floquet hi cabien! I no hi havia cap altra sortida: totes les finestres estaven tancades i bloquejades. Només podien pujar per unes escales i confiar que, un cop a dalt, trobessin un lloc per on sortir.

En pujar les escales, la Paula es va fixar en uns pots plens de cola. Segurament el Luc de Sac els utilitzava per arreglar els desperfectes de la casa.

—Espereu! Tinc una idea! —va dir ella. I va agafar-ne un i va vessar-lo sobre les escales. El Leo va fer el mateix amb un segon pot. Ara les escales eren plenes de cola. Si el Luc de Sac les pujava, s'hi quedaria enganxat!

Quan es disposaven a seguir endavant, l'Ailur va donar l'alarma: on era el Floquet? La Paula i el Leo tampoc no el veien. I ara no podien baixar per les escales! On s'havia ficat?

El Floquet havia tornat enrere, fins al taller. Necessitava recuperar la seva motxilla amb la poció de la bruixa! La va trobar de seguida però, en sortir del taller, va topar de cara el Luc de Sac!

—Com diantre t'has alliberat?

El Floquet, molt ràpid, va passar entre les seves cames i es va escapar. El Luc de Sac va agafar el primer que va trobar, una pala, i el va començar a perseguir.

El Floquet ja arribava a l'escala. Els nens i l'Ailur, alleujats, van veure'l apropar-se... però perseguit pel Luc de Sac! De sobte, el malastruc li va plantar un cop de pala que per pèls no l'encerta enmig del cap. La Paula va cridar, espantada.

—Vigila!!!

Amb un altre salt, el Floquet va aconseguir esquivar un altre cop, i va penjar-se en un gran llum davant l'escala. Però el Luc de Sac no estava per romanços i va llançar un segon cop, que va fer caure el Floquet... directament en direcció a les escales!

—NOOOOOOOOO! —van cridar la Paula i el Leo alhora.

Llavors l'Ailur, amb un salt increïble, va aconseguir interceptar el vol del Floquet i tots dos van caure a terra, sans i estalvis. És més, sense voler van fer caure el Luc de Sac, que va anar a parar de cara sobre les escales i s'hi va quedar enganxat! El malastruc feia intents inútils per alliberar-se però estava atrapat.

—Déu ni do quin salt... Rufi —va dir el Floquet, molt content.

—Fins i tot jo estic sorprès! —va admetre l'Ailur.

—Anem! —va cridar la Paula—. No perdem més temps!

El Floquet i l'Ailur van utilitzar l'esquena del Luc de Sac per pujar per les escales, fent-lo servir de catifa. En trepitjar-li el cap, van provocar que la cara se li quedés enganxada a les escales.

—Muluït suguis... —deia com podia el malastruc, amb la boca enganxada a terra—, us utrupuré!!

Els quatre amics van travessar la segona planta però van haver d'aturar-se de cop perquè un enorme forat al terra els tallava el pas. Llavors el Leo va veure unes cordes a terra. Sense pensar-s'ho dues vegades, va agafar-ne una.

—Floquet —va dir—, lliga aquesta corda a la boga!

Mentrestant, el Luc de Sac va respirar fondo i va agafar forces per alliberar-se de la cola.

—Un... dus... u... trus!!!

El Luc de Sac va aixecar amb força el cap i es va alliberar de l'esglaó.

—UAAAAAAAAAAHHH! —va cridar entre llàgrimes.

I és que a la cara del malastruc, vermella de dolor, ja no hi havia bigoti! El seu bigoti s'havia quedat enganxat tot sencer a l'esglaó! Decidit, va aixecar-se del tot arrencant-se la roba, que va quedar tota empegada a l'escala. L'hauríeu d'haver vist: sense bigoti, mig despullat i amb uns calçotets estampats de trèvols de quatre fulles! Quina fila!

Tot i així, el Luc de Sac feia por perquè estava més enfadat que mai! Va pujar corrent les escales i no va trigar a trobar-se davant del forat del segon pis. A l'altra banda del forat, els nostres amics acabaven de creuar-lo amb l'ajuda de la corda, com si fossin petits Tarzans.

Però el Luc de Sac no el podia creuar de cap manera. Per això, tothom es va quedar blanc quan el Leo... li va passar la corda!

—Estàs boig o què? —va dir-li la Paula.

—Tranquil·la —va dir ell, molt segur—. No s'atrevirà a creuar amb la corda. Té tanta mala sort que segur que se li trenca!

El Luc de Sac, desafiant, va agafar amb força la corda. I, sorprenent a tothom, va aconseguir creuar perfectament! La corda no s'havia trencat i ara el Luc de Sac estava a tan sols uns metres del Floquet!

Però abans que el Luc de Sac pogués fer res, es va començar a escoltar un cruixit estrany... i el tros de terra que hi havia just sota el malastruc... es va enfonsar de cop!

—UAAAAAHHHH! —va cridar el malastruc.

PATAPUMMMMM!!!!!! El Luc de Sac va caure estrepitosament al terra del primer pis, entre runa, trossos de fusta i guix. Els quatre amics van treure el cap pel forat, al·lucinats.

—Ho veieu? —va dir el Leo.

—Això ha de fer mal, col·lega —va comentar l'Ailur.

El Luc de Sac va dir-se que ja n'hi havia prou. Havia arribat el moment de passar a mesures més dràstiques. Així que va agafar una destral i els va dir:

—Ja podeu córrer. Ja podeu amagar-vos on vulgueu. No podreu sortir mai d'aquesta casa i tard o d'hora us trobaré!

Dit això, va desaparèixer de la seva vista i va desplegar unes escales auxiliars que també duien al segon pis...

27

S'HA ACABAT EL BRÒQUIL!

Seguint el passadís de la segona planta, només hi havia una possibilitat: pujar a les golfes de la casa. I quan el Floquet, l'Ailur, la Paula i el Leo van entrar-hi, es van desesperar. Allí tampoc hi havia cap sortida, totes les finestres estaven tancades!

—I ara què? Estem atrapats! —va dir la Paula.

Tots quatre es van mirar, sense saber què respondre.

Mentrestant, el Luc de Sac avançava cap a les golfes. Sabia que només podien estar allí. Ara sí que no s'escaparien!

Un cop a dins, va tancar la porta amb clau, per assegurar-se que ningú no sortís d'allà. Però no s'hi veia a ningú. Va començar a caminar entre mobles antics coberts amb llençols. Estava segur que aquell goril·la blanc estava amagat en algun lloc... Així que va començar a estirar els llençols... Un... Dos... Tres... i sota el quart va descobrir el Leo i l'Ailur! Tots dos van començar a caminar cap enrere, espantats, fins que van caure dins d'un armari que el Luc de Sac va tancar immediatament.

—Dos menys —va dir, satisfet—. Només queden la nena i el goril·la...

El Luc de Sac va continuar aixecant llençols fins que, inevitablement, els va trobar.

—Aaaaaahhh! —van cridar alhora el Floquet i la Paula.

Tots dos van sortir corrent, cada un en una direcció diferent. Però el Luc de Sac tenia clar que ell volia el goril·la. El pobre Floquet no sabia on anar i el malastruc no va trigar a acorralar-lo. Va deixar anar un cop de destral i el Floquet el va esquivar per ben poc! A conseqüència del salt, el goril·la va anar a parar sobre una bola del món. En voler caminar estant-hi a sobre, la bola va començar a rodolar per la sala amb el Floquet al damunt i el Luc de Sac perseguint-lo. Allò semblava un circ!

De sobte, el Floquet va caure de la bola del món. El Luc de Sac només era a pocs metres... Llavors la Paula va aparèixer i va trencar un gerro al cap del malastruc! Semblava que el malastruc s'anés a desmaiar, durant uns pocs segons es va quedar immòbil... Però, tot d'una, es va girar i va atrapar la nena! La Paula no es podia moure, el Luc de Sac la tenia immobilitzada!

—S'ha acabat el bròquil! —va dir el Luc de Sac al Floquet—. O t'entregues o ja pots dir adéu a la teva amigueta! M'has entès?

El Floquet veia la Paula atrapada i se li trencava el cor. Estava tot perdut. Havia d'entregar-se abans no li passés res... Però llavors va veure que la Paula li picava l'ullet. El Floquet va seguir la mirada de la nena i va veure que la bola del món estava molt a prop d'ella. I de seguida ho va entendre...

La Paula, dissimuladament, va elevar amb el peu la bola del món, com si fos una pilota de futbol. El Floquet va fer un salt espectacular, va rematar amb molta força... i la bola del món va acabar impactant al cap del Luc de Sac! CLONNGGGG!!! Era la «jugada invencible» que sempre assajaven a casa! I havia funcionat: el Luc de Sac va caure grogui sobre un llit plegable que en notar el seu pes, es va plegar deixant al malastruc ben atrapat!

La Paula va córrer a obrir l'armari. El Leo i l'Ailur no van poder evitar riure quan van veure els peus del Luc de Sac sortint per la punta del llit plegable. Era l'única part del cos que se li veia!

El Leo va recollir la destral del Luc de Sac i, fent-se l'homenet, va dir-li a la Paula:

—Ara sí que podrem sortir d'aquesta casa.

28

N'ESTÀS SEGUR?

El Floquet, l'Ailur i els dos nens ja eren fora de la casa. Havien obert la porta a cops de destral i a la fi respiraven aire pur.

—Ailur, abans has saltat com una pantera de veritat! Com ho has fet? —va preguntar el Floquet.

—Havia d'ajudar un bon amic —va respondre ell, tot solemne.

Tots dos van picar les mans en senyal de victòria. Ho havien aconseguit! Llavors la Paula es va acostar al Floquet.

—Floquet. No ho faràs, oi?

El Floquet es va mirar la Paula i després la poció de la bruixa. Amb certa tristor, va fer que sí amb el cap.

—N'estàs segur? —va preguntar-li l'Ailur—. Vull

dir, que fins i tot jo he aconseguit treure profit d'aquest cos esquifit!

—És l'única solució que tinc —va contestar el Floquet—. Tu mateix m'ho vas dir!

—Mira que en dic, de coses interessants, i per un cop que deixo anar una ximpleria, vas i em fas cas...

—Floquet —va tornar a insistir la Paula—. Sisplau...

El Floquet la va mirar amb tendresa. Entenia la seva insistència. Però el problema amb els goril·les el tenia ell. I si volia conviure en pau amb ells i estar a prop de la Ndengue, no li'n quedava una altra.

El Floquet li va acariciar la galta i després va arrencar a córrer cap al zoo.

—Adéu —va dir ella, tota trista, en veu molt baixa.

L'Ailur també va marxar en direcció al zoo.

—Espera'm, Floquet! No em deixis sol que aquesta ciutat està plena de conductors d'autobús!

La Paula s'havia quedat tota moixa. Al Leo li sabia greu veure-la així i va divisar una bicicleta a prop. Decidit, hi va muntar i va cridar la Paula.

—Vinga, no podem deixar que ho faci. L'aturarem!

—És inútil —va contestar ella, enfonsada.

—Puja a la bici —va insistir el Leo—. Encara hi podem fer alguna cosa.

—Però no ho has vist? No hi podem fer res. És impossible convèncer-lo.

—El Floquet no. Però potser els altres goril·les, sí!

La Paula se'l va quedar mirant. Es va adonar que el Leo havia canviat molt durant tota l'aventura. I que l'estava intentant ajudar un cop més. Realment, s'havia portat com un amic de debò. I potser tenia raó. Potser no s'havia de rendir, encara. No. Tot el que havien passat mereixia un últim intent.

—Tens raó, Leo —va dir ella finalment—. Som-hi!

I va pujar a la bici amb ell, i el Leo va ser molt i molt feliç sentint-la tan a prop durant tot el trajecte.

29

T'ESTARÉ VIGILANT

Començava a fer-se de nit quan el Floquet va arribar al zoo. Accelerat, va entrar junt amb l'Ailur a la parcel·la dels goril·les, cridant d'emoció.

—Ndengue! He tornat!

La Ndengue i el Kiddo no s'ho podien creure!

—Floquet! —cridava ella—. Estàs bé!

—Sí, jo també estic bé —va dir l'Ailur, una mica gelós—. Gràcies per preguntar!

La Ndengue i el Floquet es van agafar de les mans, emocionats. A la fi tornaven a estar junts.

—Ndengue —va dir ell—, no tenim temps per perdre. M'has de donar un pèl teu!

—Què? Per què?

El Floquet li va mostrar la poció de la bruixa.

—He aconseguit una poció. Quan me la prengui

em convertiré en un goril·la normal i corrent, com vosaltres!

—Que t'has tornat boig o què? —va dir ella, escandalitzada—. Si és per això no comptis pas amb mi!

—Molt bé, noia! —va dir l'Ailur—. Només jo ho hauria dit millor.

—Floquet —va continuar dient la Ndengue—, no vull que canviïs res! I menys el teu color de pèl. M'agrades així, tal com ets. Ets... perfecte!

—Jo no seré tan cursi com ma germana —va dir el Kiddo—, però ser blanc mola!

El Floquet no s'esperava això. Si ells no l'ajudaven, qui ho faria? De sobte, una mà enorme amb uns pèls negres va aparèixer davant seu.

—Et serveixen aquests?

Era el Ron, que li oferia els seus pèls!

—No, papa! —va cridar la Ndengue.

—Tothom quiet! —va ordenar el Ron—. Si vol estar amb nosaltres, ha de ser com nosaltres!

El Floquet va agafar un dels pèls del Ron i el va ficar dins la poció. La poció va refulgir i una gota va caure al terra, sobre una margalida... i en pocs segons, la margalida va canviar el seu color de blanc a negre! No hi havia dubte, la poció funcionava!

El Floquet va mirar la Ndengue i va dubtar... segur que estava fent el més correcte? Però després va mirar el Ron... i es va convèncer que era la seva única opció. I, amb els ulls tancats, es va apropar la poció a la boca...

—Un moment!

El Floquet es va aturar... Era la Paula! I al seu costat hi havia el Leo, fet pols després d'haver pedalat fins al zoo.

—Abans de prendre't la poció, aquests goril·les ho han de saber tot.

Tots se la van quedar mirant. La Paula es dirigia directament al Ron. Sabia que era a ell a qui havia de convèncer.

—No tens ni idea de tot el que ha fet el Floquet per vosaltres —va dir la Paula—. Per ser un dels vostres. Ha travessat tota la ciutat. S'ha enfrontat a mil perills. Fins i tot un boig l'ha segrestat per arrencar-li el cor. I ell l'ha guanyat.

El Ron mirava de reüll el Floquet, amagant la seva sorpresa. De debò que aquell marrec havia fet tot allò?

—Trobes que es mereix haver passat per tots aquests perills només perquè és diferent de vosaltres?

La Paula va assenyalar el Leo i va dir:

—El Leo no juga a futbol com la resta dels nens de la classe. Ell s'estima més llegir llibres.

Després la Paula va assenyalar l'Ailur:

—La guineueta aquesta es mou com si fos un gat!

—Ha dit «guineueta»? —va dir l'Ailur molt ofès.

Ara la Paula va assenyalar directament el Ron:

—Tu odies els plàtans, i això que ets un goril·la! I jo... A mi no m'agrada jugar amb nines o a gomes, com a les altres nenes. A mi m'agrada jugar a futbol. Però saps què? Els meus pares em fan costat.

Aquesta última frase va calar fons en el Ron. No va poder evitar mirar de reüll la Ndengue, que també l'observava atentament.

—El Floquet és diferent —va dir la Paula per acabar—. És clar que ho és! Però no és més diferent que tots nosaltres.

El Ron es va tornar a mirar el Floquet. Potser sí que havia estat massa dur amb ell. I només pel fet de no ser com ells.

La Paula va mirar intensament el Floquet, que havia estat escoltant amb molta atenció. Després el Floquet va mirar la Ndengue... i a la fi va prendre una decisió. Va agafar la poció... i en va buidar el contingut a terra.

—Visca!!! —va cridar el Leo.

Tots van començar a cridar i a saltar d'alegria.... Tots menys el Ron. Tothom el mirava esperant la seva reacció...

El gran goril·la es va apropar al Floquet, molt seriós. Se'l va quedar mirant de molt a prop, mentre el Floquet intentava aguantar-li la mirada.

—Pots quedar-te amb nosaltres —li va dir el Ron—. Però t'estaré vigilant!

Dit això, el Ron va marxar. En passar pel costat de la Ndengue, el seu pare li va fer l'ullet. La Ndengue va córrer cap al Floquet i tots dos es van fer una intensa abraçada. A la fi el Floquet havia trobat una família de goril·les que l'acceptava tal com era! I el millor de tot, ell ja no odiava el seu pèl blanc. Al contrari, li agradava sentir-se diferent!

L'Ailur intentava contenir les llàgrimes de l'emoció. Llavors el Kiddo s'hi va apropar i li va oferir la mà. L'Ailur, fent-se el dur, li va donar la pota, per fer les paus.

Després, el Floquet va anar cap a la Paula i també s'hi va abraçar. Era una abraçada de comiat i d'agraïment.

—Sigues molt feliç, Floquet —va dir ella, emocionada—. Ho faràs?

El Floquet li va dir que sí amb el cap i li va fer un petó al nas.

30

OOOOOOOOOH!

La sintonia del noticiari de les nou va atraure els pares de la Paula davant del televisor.

—Bona nit —va dir la locutora—. No fa ni dos dies que el Floquet de Neu va arribar al Zoo de Barcelona i ja torna a ser notícia. Un home anomenat Luc de Sac ha estat detingut al seu domicili aquesta tarda acusat de planejar el segrest i assassinat del famós goril·la blanc.

La notícia estava il·lustrada per imatges de dos policies emmanillant els peus del Luc de Sac, encara encaixat dins del llit plegable.

—Una bruixa ambulant ha avisat la policia. Segons els agents, una nena i un nen anònims han evitat la tragèdia. Ningú no s'explica com uns nens de tan sols deu anys han aconseguit reduir el malfactor.

Els pares de la Paula no donaven crèdit al que sentien. Volia dir això que la seva filla tenia raó quan els havia explicat la història del Floquet i la bruixa?

Just en aquell moment, la Paula va arribar a casa, esgotada per tota l'aventura viscuda.

—Hola...

—Paula, Paula, estàs bé? —va preguntar la seva mare.

—Ho acabem de sentir per la tele —va explicar el pare—. Ens sap molt de greu, reina. No hauríem d'haver dubtat mai de tu.

Tots tres es van abraçar, molt feliços de tornar a estar junts.

—Ens hauràs d'explicar moltes coses —va dir el pare—. Com per exemple qui és el nen amb què anaves.

—I com ho saps? —va voler saber ella, rient.

Aquella nit se'n van anar a dormir molt tard, perquè la Paula els havia d'explicar totes les aventures que havia viscut en un sol dia!

I l'endemà tota la família junt amb el Leo van anar al zoo a veure els goril·les!

El Floquet ja hi estava integrat del tot i jugava i saltava amb tots ells. Fins i tot amb el Ron! Se'l veia feliç i content. Ara sí que la Paula podia estar tran-

quil·la. El Floquet s'ho passaria molt bé a la seva nova casa.

—Escolta, Leo —va dir la Paula—, em podries ajudar amb l'examen de mates?

—Sí, bé, ja m'ho pensaré —va dir el Leo, fent-se el dur. Però al cap de dos segons va contestar:— A quina hora quedem?

Tots dos van somriure, còmplices.

Mentrestant, a la parcel·la dels goril·les, el Floquet i la Ndengue jugaven plegats i, sense voler, es van fer un petó als llavis! Tot el públic va reaccionar amb un «Oooooh!» general. Els dos goril·les es van mirar amb timidesa i van seguir jugant... però es notava que els havia agradat molt aquell petó!

L'Ailur es mirava l'escena des de la seva parcel·la, feliç pel seu amic, però just llavors va rebre una visita inesperada...

—Rufi! Rufi! Vine cap aquí!

L'Ailur va obrir molt els ulls, esfereït. Era la senyora que el confonia amb el seu gos! El panda vermell va desaparèixer com un llamp, amagat darrere la seva caseta.

—Marxi, senyora, o avisaré la policia! Conec gent molt poderosa! Diré a una bruixa que vingui i la converteixi en una faixa!

I com si les paraules de l'Ailur l'haguessin invocat, la caravana de la bruixa va creuar en aquell moment per davant del zoo, deixant un rastre de focs artificials de colors que van omplir el cel i van fer aquell dia encara més inoblidable.

Era un dissabte meravellós de 1966. Tothom era feliç i semblava com si tots els somnis, per un moment, poguessin fer-se realitat.

El Floquet va mirar els focs i va saber que eren de la bruixa. Que li estava dient «adéu», o potser «fins aviat», perquè si els seus dos primers dies al zoo havien estat tan intensos, no volia ni imaginar-se quantes aventures més viuria en aquella meravellosa ciutat...

FI